孙宜学◎主编

诗 经

佚名◎著　曹永梅◎译注

图书在版编目（CIP）数据

诗经 / 佚名著 ; 曹永梅译注 . -- 北京 : 朝华出版社 , 2024. 10. -- （启秀文库 / 孙宜学主编）. -- ISBN 978-7-5054-5497-2

Ⅰ . I222.2

中国国家版本馆 CIP 数据核字第 2024RY2352 号

诗　经

佚　名　著
曹永梅　译注

选题策划　黄明陆　李金水
责任编辑　韩丽群
责任印制　陆竞赢　訾　坤

出版发行　朝华出版社
社　　址　北京市西城区百万庄大街 24 号　　邮政编码　100037
订购电话　（010）68996522
传　　真　（010）88415258
联系版权　zhbq@cicg.org.cn
网　　址　http://zhcb.cicg.org.cn
印　　刷　三河市龙大印装有限公司
经　　销　全国新华书店
开　　本　920mm×1260mm　1/16　　字　数　182 千
印　　张　15
版　　次　2024 年 10 月第 1 版　　2024 年 10 月第 1 次印刷
装　　别　精
书　　号　ISBN 978-7-5054-5497-2
定　　价　52.00 元

版权所有　翻印必究·印装有误　负责调换

"启秀文库"编委会

总 策 划 黄明陆
执行策划 李金水

主 编 孙宜学
副 主 编 陈曦骏
编 委 （按姓氏笔画排序）

万 平	马 骅	王 圣	王应槐	王奕鑫
王福利	尹红卿	白云玲	刘莹莹	刘慧萍
关慧敏	江晓英	花莉敏	杜凤华	李慧泉
杨 雪	肖玉杰	吴留巧	邱小芳	余 杨
宋沙沙	张 莹	张艳彬	张晓洪	张婷婷
陈宇薇	林萱素	易 胜	罗诗雨	胡健楠
段晨曦	徐长青	殷珍泉	陶立军	曹永梅
董洪良	韩 榕	端木向宇	谭凌霞	

封面题签 赵朴初

总序

中国传统文化经典作品是中国智慧的结晶和集中体现,源于中国人的生存智慧、生命智慧,是一代代中国人对天地万物、时序经纬的心灵感悟和提炼总结,已成为人类精神文明的宝贵财富。至今,这些作品仍能释日常生活之惑、解亘古变化之谜,为世界的未来提供中国范式。

中国和世界需要既包蕴中国传统文化精髓,又能真实反映新时代中国文化新发展、新概念的中国传统文化经典著作,这样的著作应具备以下特点:

1. 兼具知识的广度与理论的深度。 能撷取中华优秀传统文化的精华,体现中国人的思维方式和中国文化特质,同时具有内在的理论逻辑,集知识性、系统性、科学性于一体。

2. 兼具学术的高度和历史的维度。 能讲清楚"何谓'文'""何谓'化'"和"何谓'文化'",并立足于中国和世界文化发展史,以中国传统文化典籍为历史线索,阐释、勾勒出中国文化发展历史的昨天、今天和明天。引导读者通过中国文化内涵的特殊性和普适性元素了解中国文化如何不断推陈出新,中国智慧如何不断博观约取、吐故纳新。

3. 兼具精准的角度和客观的态度。 能基于读者的客观诉求、阅读习惯和审美习惯,充分发掘和利用中国的地域、经济和文化特点,全面深入研究中国文化资源,保证经典著作能"贴近不同区域、不同国家、不同群体受众",更直接有效地"推进中国故事和中国声音的全球化表达、区域化表达、分众化表达"。

4. 兼具多元的维度与开放的幅度。能基于世界阅读中国的目标,从中外文化互鉴视角,成为世界文化多维度交流互鉴的载体和可持续阐释的源文本。

我们选编这套"启秀文库",即因此,并为此。中国人阅读这些作品,可以学会更好地生活;外国人阅读这些作品,可以了解和理解中国人的美好生活是一种什么样的历史形态。中外读者共同汲取其中的智慧,可以知道如何建设一个和谐美丽的世界,以及未来的世界会如何美好。

伟大的经典作品,都是为了将日常的生活变得更加美好。在建设"人类命运共同体"的今天,中国文化的精神滋养不应只培育中华民族子孙的天下情怀,还应引导世界人民学会欣赏中国之美、中国之魂、中国之根,在促使世界更深刻理解中国的历史和当代的同时,实现不同民族文化的和谐相处、共生共进。

在中华民族开启向第二个百年奋斗目标进军的新征程之际,中国文化发展也必将进入一个新阶段。这套丛书的时代价值,在于其将"中华文化感召力、中国形象亲和力、中国话语说服力、国际舆论引导力"融入编写、注释和诠释的全过程,从而使传统文化经典作品更能适应新时代,更有能力承载与传播中华文化精髓,向世界讲好中国故事。

2024 年 7 月
于同济大学

前言

《诗经》最初称《诗》或"诗三百",其成书大约在春秋时期,西汉时被尊为儒家经典,故得名《诗经》。《诗经》是我国第一部诗歌总集,收录了从西周初期到春秋中叶大约五百年间的诗歌,总共305首,另有6篇"笙诗"(只存题目而无内容)。这305首诗歌按音乐的不同分为《风》《雅》《颂》三大类,其中《风》有160篇,《雅》有105篇,《颂》有40篇。

《风》包括周南、召南、邶、鄘、卫、王、郑、齐、魏、唐、秦、陈、桧、曹、豳等十五个地区的民歌,故又称"十五国风"。在"国风"中,我们可以真切感受到古代人民的生活与情感:他们用民歌来歌唱劳动的欢乐,讴歌纯真美好的爱情;用民歌来表达徭役的繁重、思乡怀人的痛苦;用民歌来反对不正义的战争,反抗剥削压迫,揭露统治者的恶行。因它们来源于民间,是老百姓的集体歌唱,所以最能反映当时社会的真实面貌,也最具思想性与艺术价值,成为中国现实主义诗歌的源头。

《雅》是王畿地区的乐歌,又分《大雅》《小雅》。《大雅》有31篇,其创作时间大约在西周前期,作者一般是贵族大臣,故其诗歌内容多为歌功颂德,描写宴飨集会的欢乐,也有少数抨击厉王、幽王暴政的作品。《小雅》有74篇,大多为西周初年至末年的作品,尤以反映周厉王、周宣王、周幽王时期的政治与生活的作品为多。《小雅》中有一部分诗歌与《风》风格相近,以反映战争与徭役为主要内容。

《颂》主要是王室宗庙祭祀或举行重大典礼时演奏的乐歌。

其中《周颂》有31篇，创作时间以大约西周初年为多，每篇只有一章，句数不等。《鲁颂》中的作品多产生于春秋中叶，4篇均为赞颂鲁僖公之作。《商颂》有5篇，大约创作于殷商中后期，主要内容是歌舞娱神和对商部族祖先的赞颂。

《诗经》的主要表现手法为赋、比、兴，与风、雅、颂合称"诗经六义"。赋就是铺陈叙述，把思想感情和相关事物平铺直叙地表达出来。赋是《诗经》中最常见也是最基本的表现手段。比就是比喻。《诗经》中的比喻多以日常生活的常见事物或自然现象来比喻人事，有明喻、暗喻、借喻、博喻等多种形式。兴是先言他物以引起所要歌咏的内容，根据诗歌表达内容的不同，有单纯起兴、兴中含比两种基本形式。《诗经》在形式上以四言句式为主，间或杂有二言至九言的各种句式；结构上多采用重章叠句的形式加强抒情效果；语言上多双声叠韵、叠字联绵词；押韵方式多种多样，有隔句押韵，有一韵到底，有中途转韵，而以一韵到底为主。韵脚一般放在偶句上，这也是后世诗歌常见的押韵方式。

《诗经》较为全面地反映了西周初期到春秋中叶的历史发展和社会生活情况，其内容几乎涵盖了社会的各个方面，举凡政治、经济、军事、民俗、文化、文学、艺术等等无所不包，具有重要的研究价值。本书由于篇幅有限，只选取了其中的135首，所选篇目皆为大家耳熟能详的名篇，均具有代表意义，大家可以结合书中的注释、译文、简析对那个时期社会各个方面的内容加以研究和赏读。

另外在《诗经》形成的那个年代，语言还处于发展阶段，诗中多用通假字、借字来表情达意，因此不少诗歌在字词和语义理解方面还存在较多分歧，前贤今哲多各抒己见，这也造成了阅读上的障碍。本书之注释、译文、简析率以通达顺畅为旨，或沿前说，或立己意，聊备一说，希望能给读者的阅读带来一些方便。由于部分诗歌较长，编者将其划分为两个、三个或多个章节，在简析部分有的诗歌视内容单独解析，力求使之清晰、明朗，方便阅读、领悟。

目录

风

周风

关雎 /2
卷耳 /4
葛覃 /5
螽斯 /7
桃夭 /8
芣苢 /9
汉广 /11
汝坟 /12

召南

鹊巢 /14
采蘩 /15
草虫 /16
采蘋 /18
甘棠 /19
行露 /20
摽有梅 /22
小星 /23

江有汜 /24
野有死麇 /25
何彼襛矣 /26
驺虞 /27

邶风

柏舟 /29
绿衣 /31
燕燕 /33
日月 /35
击鼓 /37
凯风 /39
雄雉 /40
匏有苦叶 /42
谷风 /43
式微 /47
简兮 /48
泉水 /50
北门 /52

北风 /53
静女 /55
二子乘舟 /56

鄘风

柏舟 /58
墙有茨 /59
桑中 /61
蝃蝀 /62
相鼠 /63
载驰 /64

卫风

淇奥 /67
考槃 /69
硕人 /70
氓 /73
竹竿 /77
芄兰 /78
河广 /79
伯兮 /80
有狐 /82
木瓜 /83

王风

黍离 /85
君子于役 /87
君子阳阳 /88
兔爰 /89
葛藟 /91

采葛 /92
大车 /93

郑风

将仲子 /95
叔于田 /96
清人 /98
遵大路 /99
女曰鸡鸣 /100
有女同车 /102
狡童 /103
褰裳 /104
风雨 /105
子衿 /106
扬之水 /107
出其东门 /108
野有蔓草 /109
溱洧 /110

齐风

鸡鸣 /113
还 /114
东方之日 /115
东方未明 /116
甫田 /118

魏风

葛屦 /120
汾沮洳 /121
园有桃 /123

陟　岵　/124
十亩之间　/126
伐　檀　/127
硕　鼠　/129

唐风

蟋　蟀　/131
山有枢　/133
绸　缪　/135
杕　杜　/136
鸨　羽　/138
葛　生　/140

秦风

蒹　葭　/142
黄　鸟　/144
晨　风　/146
无　衣　/147
渭　阳　/149
权　舆　/150

陈风

宛　丘　/151
衡　门　/152

东门之杨　/153
墓　门　/154
防有鹊巢　/155
月　出　/156
泽　陂　/158

桧风

羔　裘　/160
素　冠　/161
隰有苌楚　/162
匪　风　/163

曹风

蜉　蝣　/165
候　人　/166
鸤　鸠　/168
下　泉　/169

豳风

七　月　/172
鸱　鸮　/178
破　斧　/180
伐　柯　/181

雅

小雅

鹿　鸣　/184

采　薇　/186
鸿　雁　/189

庭燎 /191
沔水 /192
鹤鸣 /194
青蝇 /196
蓼莪 /197

隰桑 /200

大雅

大明 /202
生民 /207

周颂

清庙 /214
维天之命 /215
维清 /216
天作 /217

鲁颂

駉 /218
有驰 /220

商颂

那 /223
玄鸟 /225

风

周 风

关 雎

关关雎鸠①,在河之洲②。
窈窕淑女③,君子好逑④。

参差荇菜⑤,左右流之⑥。
窈窕淑女,寤寐求之⑦。

求之不得,寤寐思服⑧。
悠哉悠哉⑨,辗转反侧⑩。

参差荇菜,左右采之。
窈窕淑女,琴瑟友之⑪。

参差荇菜,左右芼之⑫。
窈窕淑女,钟鼓乐之。

注释

①关关:形容雄鸟与雌鸟鸣叫应和的声音。雎(jū)鸠:水鸟名。

②洲:水中的陆地。

③窈窕（yǎo tiǎo）：文静而美好的样子。淑：好，善。

④君子：女子对男子的尊称。逑（qiú）：配偶。

⑤参差（cēn cī）：长短不齐的样子。荇（xìng）菜：一种水草，叶子可食。

⑥流：用作"求"，求取。

⑦寤（wù）：睡醒。寐（mèi）：睡着。

⑧思：语助词。服：思念。

⑨悠：忧思长久的样子。

⑩辗转反侧：形容心中有事，躺在床上翻来覆去地不能入睡。

⑪琴瑟：两种弦乐器名。友：亲近。

⑫芼（mào）：择取。

译文

雎鸠鸟不停地鸣叫着，它们相伴在河中小洲。

文静美丽的好姑娘，真是君子的佳偶。

长短不一的荇菜，姑娘左右不停地采摘着。

文静美丽的好姑娘，无论睡着醒着都想追求她。

求而不得，日日夜夜都在思念她。

思念之情绵绵不绝，翻来覆去难以入眠。

长短不一的荇菜，姑娘左右不停地采摘。

文静美丽的好姑娘，弹琴鼓瑟向她倾吐着爱意。

长短不一的荇菜，姑娘左右不停地采摘着。

文静美丽的好姑娘，敲钟击鼓就想博她一笑。

简析

作为《诗经》第一篇，《关雎》的主旨历来众说纷纭，古代以歌咏后妃之德、思贤才、君子思淑女等观点影响较大，现代则一般理解为爱情诗。艺术手法上赋、比、兴兼用，而以兴寄为主。韵脚的频繁变化及双声叠韵词的使用，既增强了音韵美，又具有很强的动作性，形象生动地刻画了男子思慕心理的变化过程。

卷 耳

采采卷耳①，不盈顷筐②。
嗟我怀人③，寘彼周行④。

陟彼崔嵬⑤，我马虺隤⑥。
我姑酌彼金罍⑦，维以不永怀⑧。

陟彼高冈，我马玄黄⑨。
我姑酌彼兕觥⑩，维以不永伤⑪。

陟彼砠矣⑫，我马瘏矣⑬。
我仆痡矣⑭，云何吁矣⑮！

注释

① 采采：采了又采。卷耳：又叫苍耳，草本植物。
② 盈：满。顷筐：一种斜口竹筐。
③ 嗟：叹息。怀：思念。
④ 寘（zhì）：放置。周行（háng）：大路。
⑤ 陟（zhì）：登。崔嵬（wéi）：有石的土山。
⑥ 虺隤（huī tuí）：疲乏而病。
⑦ 姑：姑且。金罍（léi）：青铜制成的酒杯。
⑧ 维：语助词。永怀：长久地思念。
⑨ 玄黄：马因病毛色焦枯。
⑩ 兕觥（sì gōng）：兽形酒器。
⑪ 永伤：长久地思念。
⑫ 砠（jū）：有土的石山。
⑬ 瘏（tú）：马因疲劳而生病。

⑭ 痡（pū）：人因生病而无法走路。
⑮ 云：语助词。何：多么。吁（xū）：忧愁、哀愁。

译文

卷耳菜采了又采，可采来采去不满一筐。
只因思念那远行的人，筐儿索性丢在大路旁。
当我登上那有石的土山，骑的马儿早已疲乏不堪。
姑且把那铜酒杯斟满，我要一醉方休免得思念蔓延。
我又登上那高高的山冈，马儿累得毛色焦枯充满疲态。
姑且把那兽形酒杯斟满，我要一醉方休免得忧伤不止。
我又登上那有土的石山，我的马儿因为劳累过度生了大病。
随行的仆人也身体抱恙难以前行，这一切多么令人发愁啊！

简析

诗歌以采卷耳起兴，抒写了女子对行役在外的男子的思念和伤悯其劳苦的哀婉之情。此诗在结构上对后世同类题材作品有较大影响。诗歌首章从女子角度写对男子的思念，接下来三章则采取对写法，想象男子在外的辛劳困苦，写足了双方的思念之情。艺术手法上则善于以对客观景物的描写烘托情感，崎岖不平的山路、蜿蜒起伏的山冈、困乏疲劳的马匹与仆人，无不渲染着浓厚的思念之愁。

葛　覃

葛之覃兮①，施于中谷②，维叶萋萋③。
黄鸟于飞④，集于灌木，其鸣喈喈⑤。

葛之覃兮，施于中谷，维叶莫莫⑥。
是刈是濩⑦，为絺为绤⑧，服之无斁⑨。

言告师氏⑩，言告言归⑪。

薄污我私⑫,薄浣我衣⑬。
害浣害否⑭,归宁⑮父母。

注释

① 葛:植物名,即葛藤,纤维可织布。覃(tán):长。
② 施(yì):蔓延。中谷:谷中。
③ 维:语助词。萋萋:枝叶繁茂的样子。
④ 黄鸟:黄雀。于:语助词。
⑤ 喈(jiē)喈:禽鸟鸣声。
⑥ 莫莫:茂密的样子。
⑦ 刈(yì):用刀割。濩(huò):用水煮。
⑧ 绨(chī):细葛布。绤(xì):粗葛布。
⑨ 服:穿。无斁(yì):心里不厌弃。
⑩ 言:语助词。师氏:负责教导女子的长辈。
⑪ 归:回娘家。
⑫ 薄:语助词。污(wū):洗去(衣服上的)污垢。私:内衣。
⑬ 浣(huàn):清洗。
⑭ 害(hé):通"曷",何,意思是"什么"。否:不。
⑮ 宁:问安。

译文

葛藤如此绵长,一直蔓延到幽静的山谷中,藤叶长得茂密且繁盛。

小巧可爱的黄鸟们翩翩飞翔,最后都轻轻落在灌木丛中,婉转的鸣叫声如此动听。

葛藤如此绵长,一直蔓延到幽静的山谷中,叶子长得茂盛翠绿,散发着勃勃生机。

把它们收割回来煮一煮,随机织成粗细不一的葛布,舒适的葛衣让人久穿不厌。

回去请示长辈,我要告假回娘家探望父母。

洗罢我贴身的衣服,又忙着清洗外衫。
洗与不洗分清楚,早点回去问候父母。

[简析]

关于此诗主旨历来有多种说法,对女主人公的身份也有不同观点,但从诗意来看,主人公的一切行为全都聚焦于最后一句"归宁父母",因此不妨将主人公当作一位思家情切的出嫁女子。此诗在艺术上以比兴见长,先以葛覃起兴,暗示女子成长,又以黄鸟集于灌木比女子出嫁,婚后生活和谐。再以葛覃引出女子出嫁后采葛织布,任劳任怨地生活,刻画出一位勤劳、节俭、孝顺的女性形象。写法上即情写景,即景叙事,即事传情,景、情、事浑然一体。首章写景动静结合,情景相融;次章实写女子收割、煮覃、织布、做衣,虚写其勤劳、孝顺,虚实结合;末章写女子得到归家允许后收拾行装,节奏急促,情感欢快,事与情谐。

螽 斯

螽斯羽①,诜诜兮②。
宜尔子孙③,振振兮④。

螽斯羽,薨薨兮⑤。
宜尔子孙,绳绳兮⑥。

螽斯羽,揖揖兮⑦。
宜尔子孙,蛰蛰兮⑧。

[注释]

① 螽(zhōng)斯:古代指蝗虫。羽:翅膀。
② 诜诜(shēn):同"莘莘",众多貌。
③ 宜:多。

④ 振振:繁盛貌。
⑤ 薨薨（hōng）:很多蝗虫齐飞时发出的声音。
⑥ 绳绳:延绵不绝貌。
⑦ 揖揖:会聚貌。
⑧ 蛰蛰（zhé）:聚集貌。

译文

螽斯扇动着翅膀,成群结队低空飞翔。
你的子孙密密麻麻,你的种族何其繁盛。
螽斯扇动着翅膀,在空中薨薨作响。
你的子孙如此众多,你的后代绵延不绝。
螽斯扇动着翅膀,成群结队济济一堂。
你的子孙如此众多,它们群居一起和谐欢畅。

简析

《毛诗序》:"《螽斯》,后妃子孙众多也,言若螽斯。不妒忌,则子孙众多也。"现一般认为本诗的主题是劳动人民借民歌的形式表达内心的不满,讽刺剥削者子孙众多,就像蝗虫一样侵夺劳动人民的成果。

桃 夭

桃之夭夭①,灼灼其华②。
之子于归③,宜其室家④。

桃之夭夭,有蕡其实⑤。
之子于归,宜其家室。

桃之夭夭,其叶蓁蓁⑥。
之子于归,宜其家人。

注释

① 夭夭：形容桃树枝叶生长茂盛。
② 灼灼：花开得鲜明、美丽。华：花。
③ 之子：这女子。归：指女子出嫁。
④ 宜：和顺。室家：此处指夫家。
⑤ 蕡（fén）：果实很多的样子。
⑥ 蓁（zhēn）蓁：树叶茂盛的样子。

译文

桃树枝繁叶茂，娇嫩的花朵明艳灿烂。
姑娘就要出嫁，夫家和顺平安
桃树枝繁叶茂，果实累累又大又多。
姑娘就要出嫁，夫家和乐平安。
桃树叶茂枝繁，叶子郁郁葱葱，随风摇曳。
姑娘就要出嫁，夫家康乐平安。

简析

这是一首对姑娘出嫁的祝福诗。朱熹《诗集传》："然则桃之有华（花），正婚姻之时也。"一首简单朴实的歌，只寥寥数语就唱出了人们对婚姻的美好祝福，《周礼》云"仲春之月，令会男女"。在周代，姑娘出嫁一般选在阳光明媚、桃花盛开的春季，故诗人以桃花起兴，用桃树的枝叶茂盛、果实累累来象征婚姻生活的幸福、美满。诗中并无浓墨重彩，也没有夸张铺垫，平淡自然。简单质朴是至高的境界，既是人生的一种境界，也是艺术的一种境界，反映了先秦人民朴实的人生观。

芣苢

采采芣苢①，薄言采之②。
采采芣苢，薄言有之③。

采采芣苢，薄言掇之④。
采采芣苢，薄言捋之⑤。

采采芣苢，薄言袺之⑥。
采采芣苢，薄言襭之⑦。

注释

① 芣苢（fú yǐ）：即车前子，种子和全草可入药。
② 薄言：发语词。
③ 有：采取。
④ 掇（duō）：拾取。
⑤ 捋（luō）：用手握住条状物向一端滑动。
⑥ 袺（jié）：用手拉着衣襟兜东西。
⑦ 襭（xié）：把衣襟别在腰间用其来兜东西。

译文

繁茂鲜艳的芣苢啊，快点把它采回来。
繁茂鲜艳的芣苢啊，赶紧把它摘下来。
繁茂鲜艳的芣苢啊，俯身把它拾起来。
繁茂鲜艳的芣苢啊，抬手把它捋下来。
繁茂鲜艳的芣苢啊，手执衣襟兜起来。
繁茂鲜艳的芣苢啊，掖起衣襟兜回来。

简析

关于这首诗的主旨有多种说法，一般理解为古代人民的劳动歌谣。整首诗结构非常简单，每章基本相似，只更换了几个动词，但劳动的过程、劳动的辛劳、劳动的欢欣却在简单的重复歌唱中得到很好的传达。清代方玉润在《诗经原始》中说："读者试平心静气，涵咏此诗，恍听田家妇女，三三五五，于平原旷野、风和日丽中群歌互答，余音袅袅，若远若近，忽断忽续，不知其情之何以移而神之何以旷。"其中虽然以文人的想象、联想居多，却也不无道理。

汉　广

南有乔木，不可休息。
汉有游女①，不可求思。
汉之广矣，不可泳思②。
江之永矣③，不可方思④。

翘翘错薪⑤，言刈其楚⑥。
之子于归，言秣其马⑦。
汉之广矣，不可泳思。
江之永矣，不可方思。

翘翘错薪，言刈其蒌⑧。
之子于归，言秣其驹。
汉之广矣，不可泳思。
江之永矣，不可方思。

注释

① 汉：汉水。游女：在汉水岸边游玩的女子。
② 泳：游泳。
③ 江：长江。永：很长的水流。
④ 方：一作"舫"，小舟或木筏，这里指乘船渡江。
⑤ 翘（qiáo）翘：树枝挺出状。错薪：杂乱的柴草。
⑥ 楚：灌木名，荆属。
⑦ 秣（mò）：喂（马）。
⑧ 蒌（lóu）：一种植物，即蒌蒿。

译文

南方生长着高大的乔木，想要树下休息却做不到。
汉水边有位游玩的姑娘，想追求她却不太可能。
汉水浩渺宽广，想要横渡困难重重。
江水滔滔不绝，乘船过江难如登天。
地上柴草参差错杂，我既要打柴还得割荆条。
姑娘如果能嫁给我，我会把她的马儿喂抱。
汉水浩渺宽广，想要横渡困难重重。
江水滔滔不绝，乘船过江难如登天。
地上柴草参差错杂，我既要打柴还得割蒌蒿。
姑娘如果能嫁给我，我会把她的马儿喂好。
汉水浩渺宽广，想要横渡困难重重。
江水滔滔不绝，乘船过江难如登天。

简析

此诗抒写男子对女子的思慕与求之不得的痛苦。全诗三章，首章前两句以乔木之下树荫稀少不宜休息起兴，表达对意中人的思慕之情，第三、四句又以汉水、长江的宽阔绵长比喻追求不得的怅惘，"不可"的四次重复更将这种情感化为深深的痛苦。二、三两章反复咏叹男子的爱情幻想，砍柴喂马象征着男子为迎娶女子做好了各种准备，然而现实是伊人犹在又宽又长的江水那端，可望而不可即！可与《蒹葭》《关雎》诸篇并读。

汝坟

遵彼汝坟[1]，伐其条枚[2]。
未见君子[3]，惄如调饥[4]。

遵彼汝坟，伐其条肄[5]。

既见君子,不我遐弃⑥。

鲂鱼赪尾⑦,王室如燬⑧。
虽然如燬,父母孔迩⑨。

注释

① 遵:沿着。汝:汝水。坟(fén):指水堤。
② 条枚:山楸树。一说树干(枝曰条,干曰枚)。
③ 君子:指在外的丈夫。
④ 惄(nì):饥。一说忧愁。调(zhōu):早晨。调饥:早上挨饿。
⑤ 肄(yì):树被砍后再生的小枝。
⑥ 遐(xiá):远。
⑦ 鲂(fáng)鱼:鳊鱼。赪(chēng):红色。
⑧ 燬(huǐ):火。
⑨ 孔:甚。迩(ěr):近。

译文

沿着汝河的水堤行走,砍伐树干作柴烧。
长久不曾和丈夫碰面,如同早上挨饿般难受。
沿着汝河的水堤行走,砍伐树枝作柴烧。
终于盼得丈夫平安归来,望君切莫再将我抛弃。
鲂鱼的尾巴赤红,朝廷事务急如着火。
虽然有事急如火烧,但父母贫困还需供养。

简析

对于此诗,历来有教化、劝夫、思夫等多种观点。从诗意来看,主要抒发了女子对丈夫的思念与挽留之情。首章描写辛勤劳作的女子对丈夫的思念,次章刻画女子终于见到丈夫回来时的复杂心理,末章抒发女子对丈夫又将离家的哀伤与挽留之情。末句"父母孔迩"四字可谓道尽了女子无法独自奉养公婆的满腹辛酸!

召 南

鹊 巢

维鹊有巢①,维鸠居之②。
之子于归,百两御之③。

维鹊有巢,维鸠方之④。
之子于归,百两将之⑤。

维鹊有巢,维鸠盈之⑥。
之子于归,百两成之⑦。

注释

①维:发语词。鹊:喜鹊。

②鸠:杜鹃鸟。部分种类的杜鹃自己不筑巢,侵占其他鸟的巢。

③两:同"辆"。百两:指很多车辆。御(yà):同"迓",迎接。

④方:占据。

⑤将:护送。

⑥盈:满,充满。

⑦成:完成婚礼仪式。

译文

喜鹊在树上筑巢，杜鹃鸟和它同住。
这位姑娘要出嫁了，百辆车子前来迎接她。
喜鹊在树上筑巢，杜鹃鸟占据巢穴。
这位姑娘要出嫁了，百辆车子前来护卫她。
喜鹊在树上筑巢，杜鹃鸟住满巢穴。
这位姑娘要出嫁了，百辆车子迎她成婚。

简析

同是写女子出嫁，《桃夭》活泼明亮，富有生活气息，《鹊巢》则是场面隆重，气氛热烈。诗歌以"性慈而多子"的鸠住进鹊巢比男女婚配，表达了对新人的祝福，更以三幅浓重盛大的婚庆画面渲染喜庆氛围，"御""将""成"的变化则暗指婚礼的过程。

采 蘩

于以采蘩①？于沼于沚②。
于以用之？公侯之事。

于以采蘩？于涧之中。
于以用之？公侯之宫。

被之僮僮③，夙夜在公④。
被之祁祁⑤，薄言还归⑥。

注释

① 于以：表询问，到哪儿去。蘩：即白蒿。
② 沼：沼泽地。沚：水中的小洲。
③ 被（pī）：披。之：指女子佩戴的首饰。僮（tóng）僮：形

容首饰佩戴光洁整齐的样子。

④ 夙夜：早晚。

⑤ 祁祁：舒缓、松散的样子。

⑥ 薄言：急忙的样子。

译文

要采白蒿到何方？要到沼泽旁边的沙洲上。

采来白蒿做什么？一切为公侯祭祀之用。

要采白蒿到何方？需要跨过幽幽深山来到水涧边。

采来白蒿做什么？用来献给公侯祭祀宗庙。

女子挽起高高的发髻，昼夜不停地劳作着。

夜幕降临发髻散乱，拖着疲惫急急忙忙往家赶。

简析

从诗意来看，主人公的地位不高，应该是供役使的宫女或百姓。她们为公侯家采集祭祀用的白蒿，操劳祭祀事务。第一、二章述说采蘩的目的，第三章则描写了参加祭祀的忙碌辛苦，以及祭祀结束后匆忙归家的迫切之情。艺术上，前两章采用一问一答的形式，活泼生动，第三章通过女子首饰由整齐到松散的变化刻画主人公劳作的辛苦和归家的迫切心情，也非常形象自然。

草 虫

喓喓草虫①，趯趯阜螽②。

未见君子，忧心忡忡③。

亦既见止④，亦既觏止⑤，我心则降⑥。

陟彼南山，言采其蕨⑦。

未见君子，忧心惙惙⑧。

亦既见止，亦既觏止，我心则说⑨。

陟彼南山，言采其薇⑩。

未见君子，我心伤悲。

亦既见止，亦既觏止，我心则夷⑪。

注释

① 喓（yāo）喓：昆虫鸣叫之声。草虫：即蝈蝈。

② 趯（tì）趯：草虫跳跃的样子。阜螽（fù zhōng）：蚱蜢。

③ 忡（chōng）忡：心神不定的样子。

④ 止：语助词。

⑤ 觏（gòu）：相遇。

⑥ 降：内心平静。

⑦ 言：语助词。蕨：一种野菜，春天长嫩叶，可食。

⑧ 惙（chuò）惙：忧愁的样子。

⑨ 说（yuè）：同"悦"，高兴。

⑩ 薇：一种野菜，可食。

⑪ 夷：安定。

译文

蝈蝈在草丛喓喓鸣叫，蚂蚱在草地欢腾跳跃。

许久未见夫君，我愁绪翻涌心神不宁。

假如哪天看见他，假如哪天和他相遇，我牵挂着的心才能平静下来。

登上高高的南山顶，采摘鲜嫩的蕨菜绿茎。

许久未见夫君，我愁肠百结不能自已。

假如哪天看见他，假如哪天和他相遇，我的内心一定欣喜若狂。

登上高高的南山顶，采摘脆嫩的薇菜叶。

许久未见夫君，我心中伤感苦闷难以言说。

假如哪天看见他，假如哪天和他相遇，我一颗苦痛的心才能安定下来。

[简析]

　　这是一首思妇诗，可与《卷耳》同读。第一章以秋虫和鸣起兴，引发思念之情。第二、三两章进一步写秋去春来，主人公登高远望，所思念的人仍未归来。三章末尾均以幻想中相见的场景结束。正如清代方玉润《诗经原始》云："本说'未见'，却想及'既见'情景，此透过一层法也。"在时序的变化中，幻想场景的一次次重复将主人公的思念之愁表达得浓烈而又蕴藉，极有感染力。

采　蘋

　　于以采蘋[1]？南涧之滨；
　　于以采藻[2]？于彼行潦[3]。

　　于以盛之？维筐及筥[4]；
　　于以湘之[5]？维锜及釜[6]。

　　于以奠之[7]？宗室牖下[8]；
　　谁其尸之[9]？有齐季女[10]。

[注释]

① 于以：在哪里。蘋：在浅水处生长的植物。

② 藻：藻类植物，古代专指水藻。

③ 行潦（xíng lǎo）：沟中的积水。行：水沟；潦：路上的积水。

④ 筥（jǔ）：圆形的筐。

⑤ 湘：烹煮（供祭祀用的牛羊牲畜）。

⑥ 锜（qí）：三足的锅。釜：无足的锅。

⑦ 奠：放置。

⑧ 宗室：宗庙、祠堂。牖（yǒu）：窗户。

⑨尸：主持。古人祭祀用人充当神，称尸。

⑩有：助词。齐（zhāi）：同"斋"，美好而恭敬的样子。季：少（shào）或小。

【译文】

在何处采摘蘋草？就在南山溪流旁；

在何处采摘水藻？就在那路旁的积水里。

采来的蘋藻用什么盛放？用那圆筐和方筐就可以了；

拿什么器具烹煮蘋藻呢？用三脚锜和无足釜就可以了。

这些祭品放置在哪里呢？可以把它们摆在宗庙的窗户下；

这次谁来主持祭祀活动？可以请那恭敬而虔诚的少女。

【简析】

这首诗可以看作劳动歌。三章均采取一问一答的形式，展现了一场完整的祭祀活动，包括祭品的采集、盛放、烹煮，祭祀的具体场地，主祭的少女等，表现了人们对祭祀活动的庄严肃穆的情感态度。

甘 棠

蔽芾甘棠①，勿翦勿伐②，召伯所茇③。

蔽芾甘棠，勿翦勿败④，召伯所憩⑤。

蔽芾甘棠，勿翦勿拜⑥，召伯所说⑦。

【注释】

①蔽芾（fèi）：树木茂盛。甘棠：棠梨树，一种落叶乔木，果实可食。

②翦：同"剪"，修剪。

③召伯：召公奭，此人是西周的开国元勋。茇（bá）：本义草屋。这里指召伯曾在树下停留，甘棠树像草舍一样遮蔽他。

④败：破坏。

⑤ 憩（qì）：休息。
⑥ 拜：拔除。
⑦ 说（shuì）：休息。

【译文】

甘棠树枝繁叶茂，切莫修剪砍伐它，召伯曾在大树下停留。
甘棠树枝繁叶茂，切莫修剪损伤它，召伯曾在大树下休憩过。
甘棠树枝繁叶茂，切莫修剪拔除它，召伯曾在大树下休息过。

【简析】

召伯是周武王、成王、康王三朝大臣。《史记·燕召公世家》载："召公之治西方，甚得兆民和。召公巡行乡邑，有棠树，决狱政事其下，自侯伯至庶人，各得其所，无失职者。召公卒，而民人思召公之政，怀棠树，不敢伐，歌咏之，作《甘棠》之诗。"诗歌以茂密的甘棠树比喻召伯的美德，通过人们爱护甘棠树，不去砍伐、攀折甘棠的行为，形象表达出人们对召伯的爱戴与拥护。

行 露

厌浥行露①，岂不夙夜②？谓行多露③。

谁谓雀无角④？何以穿我屋？谁谓女无家⑤？何以速我狱⑥？虽速我狱，室家不足⑦！

谁谓鼠无牙？何以穿我墉⑧？谁谓女无家？何以速我讼？虽速我讼，亦不女从！

【注释】

① 厌浥（yè yì）：潮湿。行（háng）：道路。行露：道路上的露水。

②夙夜：此处"夙"和"早"同义，夙夜即早夜，也就是天没有亮的时候。含有早起的意思。

③谓：同"畏"，畏惧。

④角：喙。

⑤女：同"汝"，你。无家：没有家室。这里指尚未成家。

⑥速：招致。狱：诉讼。

⑦不足：指为家室的理由不充足。

⑧墉：墙壁。

译文

清冷的早晨道上的露水在草叶上滚动着，我难道不想早早赶路吗？怎奈露浓难行。

谁说鸟雀没有嘴？为什么要啄穿我的房屋？谁说你尚未娶妻？

为什么要去官府诉讼我？即便我身处囹圄，也不会委曲求全，跟你成家！

谁说老鼠没有锋利的牙齿？为什么要穿透我的墙壁？谁说你尚未娶妻？

为什么要逼我上公堂？即使逼我上公堂，我也决不嫁你这黑心郎！

简析

对这首诗的理解，历代注家众说纷纭，有强暴之男不能侵凌贞女说、夫礼不备说、寡妇拒嫁说、贫士拒婚说等。从诗歌内容来看，主要写女子拒绝成婚，被诉公堂。诗歌以行露起兴，以雀、鼠作比，表达了女子对男方不仅礼法简慢，还将自己告上公堂的愤慨。

摽有梅

摽有梅①,其实七兮②。
求我庶士③,迨其吉兮④!

摽有梅,其实三兮。
求我庶士,迨其今兮⑤!

摽有梅,顷筐塈之⑥。
求我庶士,迨其谓之⑦!

注释

① 摽(biào):坠落。有:助词。梅:梅树,这里指梅子。
② 七:七成。
③ 庶:众多。士:指未婚的青年男子。
④ 迨(dài):及,等到。吉:吉日。
⑤ 今:指现在。
⑥ 顷筐:即"倾筐"。塈(jì):拾取。
⑦ 谓:对……说。

译文

梅子成熟坠落一地,树上果实还有六七成。
追求我的各位小伙子,切莫错过好时辰!
梅子成熟坠落一地,树上果实还有二三成。
追求我的各位小伙子,今天正是好时机!
梅子成熟坠落一地,拿着筐儿快来拾取。
追求我的各位小伙子,等着你对我开口示爱!

简析

这是一首含蓄而大胆的求爱诗。诗歌借梅起兴,以梅子的逐渐掉落比喻女子年岁渐长,却无人前来求婚,"迨其吉兮""迨其今兮""迨其谓之"的重复表达,细致展现了女主人公由含蓄到焦虑再到急切的心理变化,情感真挚自然,具有很强的感染力。

小 星

嘒彼小星①,三五在东②。
肃肃宵征③,夙夜在公,寔命不同④。

嘒彼小星,维参与昴⑤。
肃肃宵征,抱衾与裯⑥,寔命不犹⑦。

【注释】

① 嘒(huì):明亮的样子。
② 三五:参宿三星,昴宿五星。
③ 肃肃:奔走忙碌的样子。宵:夜晚。征:行走。
④ 寔:即"实",确实。
⑤ 维:语助词。参、昴:星宿名,二十八宿中的两宿。
⑥ 抱:抛弃。衾(qīn):被子。裯(chóu):被单、床帐。
⑦ 犹:如,一样。

【译文】

小小的星儿闪着淡淡的微光,三三五五遥挂在东方的天空。
就连夜晚也在奔走忙碌,没日没夜为公事操心,人和人的命运确实不一样啊。
小小的星儿闪着淡淡的微光,参星和昴星高挂苍穹。
就连夜晚也在奔走忙碌,抛却室家之乐,夫妻之爱,人和人的命运确实不一样啊。

【简析】

这是一首抒愤诗。从"夙夜在公"来看,主人公的身份也许是底层小吏。他在一次深夜赶路途中,见天上小星微明、大星明亮而触景伤情,遂以小星自比,抒写了命运不公的感慨。这首诗以星辰光亮之不同比喻不同阶层的处境,以小见大,揭示了阶级社会劳逸不均的不合理现象,具有深刻的现实意义。

江有汜

江有汜①,之子归,不我以②。
不我以,其后也悔。

江有渚③,之子归,不我与④。
不我与,其后也处⑤。

江有沱⑥,之子归,不我过⑦。
不我过,其啸也歌⑧。

注释

① 汜(sì):江水离开主流后又复归。
② 不我以:不带着我。
③ 渚(zhǔ):水中小洲。
④ 与:交往。不我与:不同我相聚。
⑤ 处:忧愁。
⑥ 沱:江的支流,一说同"汜"。
⑦ 不我过:不来看望我。
⑧ 其啸也歌:闻一多《诗经通义》:"啸歌者,即号哭。"这里指大声哭。

译文

浩浩荡荡的江水离开主流仍能复归,我的丈夫要回家,可他回家却没有找我。

不再与我长相厮守，后面有他追悔莫及的时候！

宽阔的江水上有一方小洲，我的丈夫要回家，可他回家后不再与我有来往。

不再与我相聚厮守，后面有他忧心如焚的时候！

浩荡的江水布织下密集的水网，我的丈夫要回家，可他回家后不再看望我。

不再与我相守度日，后面有他懊悔痛哭的时候！

[简析]

这是一首弃妇诗。方玉润《诗经原始》云："此必江汉商人远归梓里，而弃其妾不以相从……妾乃作此诗以自叹而自解耳。"女主人公是否为商人妇还值得商榷，但"自叹自解"四字却道出了女主人公内心的复杂状态。女主人公以江水最终汇聚在一起比拟丈夫终有一天会回来与自己团聚，但现实是男子回来了却没来找她，于是巨大的痛苦化为带有发泄意味的直抒：你不要后悔，不要忧愁，不要哭泣！这种情感变化随着三章的复沓越来越深，越来越浓。

野有死麕

野有死麕①，白茅包之②。
有女怀春，吉士诱之③。

林有朴樕④，野有死鹿。
白茅纯束⑤，有女如玉。

舒而脱脱兮⑥，无感我帨兮⑦，无使尨也吠⑧。

[注释]

① 麕（jūn）：獐。
② 白茅：一种草名。

③ 吉士：古时对男子的美称。诱：挑逗。
④ 朴樕（sù）：指小树。
⑤ 纯（tún）束：包裹或捆扎。
⑥ 舒：慢慢地或徐缓地。脱（duì）脱：缓慢的样子。
⑦ 感（hàn）：同"撼"，动摇。帨（shuì）：女子的佩巾。
⑧ 尨（máng）：一种长毛的狗。

【译文】

山野荒郊有只死獐子，我用白茅把它包好。
娇羞的少女春心萌动，英俊的猎手走上前热情追求。
树林里面有小树，山野里有死鹿。
用白茅把它捆好，给如玉一般的女子。
请你慢慢别着忙，不要乱动我的佩巾，别引得狗儿乱叫嚷。

【简析】

这是一首大胆而热烈的爱情诗。全诗三章，前两章叙事，生动地展现了爱情发生的过程。男子可能是一名猎人，他先后将猎取到的獐和鹿用白茅草捆绑好送给女子以证明自己的优秀，而女子也被男子的行为打动。第三章则以女子的视角和口吻叙说男女幽会时的情景，男子的大胆热情和女子的含蓄羞涩得到侧面呈现。全诗语言质朴自然，情感热烈，人物心理刻画细致，表达了先民对自由美好的爱情的追求。

何彼襛矣

何彼襛矣①？唐棣之华②！
曷不肃雍③？王姬之车④。

何彼襛矣？华如桃李！
平王之孙⑤，齐侯之子。

其钓维何？维丝伊缗⁶。
齐侯之子，平王之孙。

注释

① 襛（nóng）：美盛貌。
② 唐棣（dì）：郁李，木名。
③ 曷（hé）：何。肃雍（yōng）：严肃雍容。
④ 王姬：周王的女儿，因其姬姓，故称王姬。
⑤ 平王：东周第一代君主。
⑥ 缗（mín）：合股丝绳，喻男女合婚；一说钓绳。

译文

怎么如此美盛？像那盛开的唐棣花儿一样！
为何没有雍容严肃的气象？这是王姬出嫁坐的车辆。
怎么如此的美盛？像那桃李花开一样芬芳盛大！
平王之孙高贵典雅，齐侯之子风度翩翩。
钓鱼用的是什么？丝线拧成的绳儿强劲有力。
齐侯之子和平王之孙永结为好，琴瑟和鸣！

简析

这是一首赞美王侯之家婚嫁的诗歌。全诗三章均以一问一答的形式展开。首章以唐棣花的繁盛比喻王女出嫁场面的盛大；次章以桃李繁盛比喻结婚双方的地位和容貌；末章再以钓绳起兴，颂赞男女双方门当户对，琴瑟和谐。古人解此诗多认为在颂赞的背后隐含讽刺之意，可备一说。

驺 虞

彼茁者葭①，壹发五豝②。
于嗟乎驺虞③！

彼茁者蓬④,壹发五豵⑤。
于嗟乎驺虞!

注释

①茁(zhuó):草木茁壮茂盛的样子。葭(jiā):古时指芦苇。

②壹:发语词,一说射满十二支箭为一发。发:射箭。豝(bā):雌性野猪。

③于嗟:感叹词。驺虞(zōu yú):指猎人。

④蓬:一种蒿草。

⑤豵(zōng):公野猪。一说小猪。

译文

芦苇长得茁壮而茂盛,射中五只雌性野猪。
哎呀!真是天子的好兽官!
蒿草长得茁壮而茂盛,射中五只公野猪。
哎呀!真是天子的好兽官!

简析

这是一首田猎诗。关于"驺虞",历代有仁兽、掌鸟兽之官、猎人等多种说法。从诗意来看,以猎人田猎为是。诗歌两章分别以茁壮的芦苇、蓬蒿起兴,渲染春天的勃勃生机。次句描写猎者箭无虚发,"五豝""五豵"不一定理解为五只野猪,更有可能是泛指猎者射中很多猎物。末句收结,以"于嗟乎驺虞!"引出对猎者高超技艺的赞叹。

邶 风

柏 舟

泛彼柏舟①，亦泛其流②。
耿耿不寐③，如有隐忧④。
微我无酒⑤，以敖以游⑥。

我心匪鉴⑦，不可以茹⑧。
亦有兄弟，不可以据⑨。
薄言往愬⑩，逢彼之怒。

我心匪石，不可转也。
我心匪席，不可卷也。
威仪棣棣⑪，不可选也⑫。

忧心悄悄⑬，愠于群小⑭。
觏闵既多⑮，受侮不少。
静言思之，寤辟有摽⑯。

日居月诸⑰，胡迭而微⑱。
心之忧矣，如匪浣衣⑲。

静言思之，不能奋飞。

> 注释

① 泛：随着流水漂浮。柏舟：柏木制成的小船。

② 流：中流。

③ 耿耿：心中忧愁不安的样子。

④ 隐：深处。

⑤ 微：非，无。

⑥ 敖：出游。

⑦ 匪：非。鉴：镜子。

⑧ 茹：容纳，包容。

⑨ 据：依靠。

⑩ 愬（sù）：同"诉"，倾诉。

⑪ 威仪：庄严的容貌举止。棣棣：祥和的样子。

⑫ 选（suàn）：通"算"。屈挠退让。一说算计。

⑬ 悄悄：忧愁的样子。

⑭ 愠：动怒。群小：众多奸邪的小人。

⑮ 觏（gòu）：遭受。闵：痛苦，忧伤。

⑯ 寤：醒悟。辟：同"擗（pǐ）"，捶胸。摽（biào）：捶胸的样子。

⑰ 居、诸：语助词。

⑱ 胡：为什么。迭：更换，改动。微：昏暗无光。

⑲ 浣：洗。

> 译文

弯弯的小河中浮着一叶扁舟，小舟随着波儿任意漂流。

愁绪如丝，缠绕成结，难以成眠，心灵深处的担忧久久无法消散。

不是没有好酒浇愁绪，只是想散心去遨游。

我的心儿并非青铜镜，岂能美丑都相容。

我家也有兄弟手足，奈何兄弟难依凭。
我也曾把满心的愁苦向他们倾诉，可正逢他们怒意满怀。
我的心儿并非石头，不可随意被人搬动。
我的心儿并非草席，不可随意翻卷起来。
我雍容娴雅有威仪，不可屈挠退让被人欺。
忧愁缠绕心烦闷，那群宵小之辈视我如仇。
遭受的痛苦和忧伤何其多，受到的侮辱更不少。
静静地思索良久，可一睁开眼还是捶胸顿足，愁绪难消。
我想问问太阳和月亮，为什么要明暗相交呢？
忧愁烦恼弥漫心田，好似脏衣无法清洗一般难受。
静下心来反复思虑，可恨自己无法展翅高飞。

简析

这是一首抒愤诗。对诗中的主人公主要有仁臣与女子两种说法。从诗意来看，主人公大约是一位关怀国事的士大夫。全诗分为五章，第一章以飘荡之柏舟起兴兼自比，抒写欲借酒消愁而不得的愁苦。第二章写找兄弟倾诉而不可得，第三章则反躬自问，表达坚定之心志。第四章进一步交代愁苦之由来，抒写无能为力的痛苦。第五章以埋怨日月不明收结，愁苦之情到达顶峰。五章就是五个层次，层层递进，极为细致地刻画了主人公内心无法排解之愁。

绿 衣

绿兮衣兮，绿衣黄里①。
心之忧矣，曷维其已②。

绿兮衣兮，绿衣黄裳。
心之忧矣，曷维其亡③。

绿兮丝兮，女所治兮④。
我思古人⑤，俾无訧兮⑥。

絺兮绤兮⑦，凄其以风⑧。
我思古人，实获我心。

注释

①里：衣服的衬里，这里指黄色的衬里。
②曷：何，怎么。维：语助词。已：止息，停止。
③亡：用作"忘"，指忘记。
④女：同"汝"，你。治：纺织。
⑤古人：故人，这里指作者的妻子。
⑥俾（bǐ）：使。訧（yóu）：同"尤"，过错。
⑦絺：细葛布。绤：粗葛布。
⑧凄：寒意或凉意。

译文

那绿色的衣服啊，外面是鲜明的绿色，内里则是温暖的黄色。

看到此衣心中泛起忧伤，悲痛之情如潮水般涌来，难以自已。

那绿色的衣服啊，上面穿着绿色的衣服，下面穿着黄色的裙裳。

看到此衣内心一片忧伤，相思之情什么时候才能忘怀。

那绿色的丝缕啊，是你怀着爱意亲手编织。

无尽的思念萦绕在心头，你曾出言劝导帮我规避了很多错误。

看这葛布有粗又有细，穿上清凉舒适、惬意无比。

思念你啊，我的亡妻，你做的每一件事情，总是那么合我心意。

[简析]

　　这是一首悼亡诗。《毛诗序》云："妾上僭，夫人失位，而作是诗也。"认为是卫庄姜伤己之作。从诗意来看，更宜视为悼亡之作。诗歌前两章以衣物起兴，触景伤情，反反复复表达了对亡人的思念。第三、四章诗人则陷入对亡妻美好德行的回忆之中，想起了妻子对自己行为的规劝，使自己免于出现过失，想起了妻子对自己无微不至的照顾。如今秋意渐浓，在翻找衣服时又看到了妻子穿过的衣物，不禁悲从中来。诗歌在结构上形成一个闭环，眼前的"绿衣"与对往日的回忆循环不已，悲悼之情极深极浓。

燕　燕

燕燕于飞①，差池其羽②。
之子于归③，远送于野。
瞻望弗及，泣涕如雨！

燕燕于飞，颉之颃之④。
之子于归，远于将之。
瞻望弗及，伫立以泣！

燕燕于飞，下上其音。
之子于归，远送于南。
瞻望弗及，实劳我心！

仲氏任只⑤，其心塞渊⑥。
终温且惠⑦，淑慎其身⑧。

先君之思，以勖寡人⑨！

注释

① 燕燕：指燕子。

② 差（cī）池：参差不齐的样子。

③ 归：大归，指回不复返。卫庄姜夫人无子，以卫庄公妾戴妫子完为己子。后完为州吁所杀，戴妫归陈不再回卫，故称。与《桃夭》诗中的"之子于归"意思不同。

④ 颉（xié）、颃（háng）：鸟儿上下翻飞。

⑤ 仲：排行第二。氏：姓氏。任：信任。只：语助词。

⑥ 塞：充实，这里指心性诚实。渊：深，这里指内心深处。

⑦ 终：既。温：温柔。惠：柔顺。

⑧ 淑：善良。慎：谨慎。

⑨ 勖（xù）：勉励。寡人：古时国君对自己的谦称。诗中是卫庄姜夫人自称。

译文

燕子轻盈自由地在高空飞翔，它们舞姿翩翩，飞得参差不齐。
她要回娘家永不复返，我站在这空旷的原野上目送她远去。
极目远眺她的身影渐渐模糊，我难过得泪雨纷飞沾湿衣裳！
燕子轻盈自由地在高空飞翔，它们忽上忽下奋力盘旋。
她要回娘家永不复返，我依依相送不嫌路长。
极目远眺她的身影渐渐模糊，我久久伫立泣不成声！
燕子轻盈自由地在高空飞翔，上下翻飞鸣音呢喃。
她要回娘家永不复返，送她远去南方前路茫茫。
极目远眺她的身影渐渐模糊，我心悲痛好似断肠！
仲氏生性诚实善良，她的内心深处坦诚直率。
性格温柔贤淑、平易逊顺，行为善良且谨慎。
她常常劝告我牢记先王嘱咐，她的劝勉之声我铭记于心！

简析

《毛诗序》认为此诗是卫庄姜送归妾之作。诗歌前三章以燕子翻飞起兴,反复陈说依依惜别之情,"瞻望弗及"的重复极为生动地刻画出送别者伫立远望,黯然神伤的形象。末章写送别后,主人公还沉浸在离别的伤感之中,想起了临别时的劝勉之语,想起了仲氏的贤良淑惠,更增痛苦之情。全诗情景交融,注重细节刻画,于"之子于归"的反复咏叹中抒发了极为真切的送别之情。

日 月

日居月诸①,照临下土②。
乃如之人兮③,逝不古处④。
胡能有定⑤?宁不我顾⑥。

日居月诸,下土是冒⑦。
乃如之人兮,逝不相好。
胡能有定?宁不我报⑧。

日居月诸,出自东方。
乃如之人兮,德音无良⑨。
胡能有定?俾也可忘⑩。

日居月诸,东方自出。
父兮母兮,畜我不卒⑪。
胡能有定?报我不述⑫。

注释

①居、诸:语助词。
②下土:在下面的地方,指大地。

③ 如之人：像这样的人。
④ 逝：语助词。古处：像从前那样相处。一说以古道相处。
⑤ 胡：何，怎么。定：止，心定。
⑥ 宁：岂，难道。我顾：顾我，照顾我。
⑦ 冒：覆盖，普照。
⑧ 我报：回报我，回答我。
⑨ 德音：动听的话语。无良：不好。
⑩ 俾（bǐ）：使。
⑪ 畜：养育。卒：终，到底。
⑫ 述：循，依循。报我不述：即不述报我，对我没有情义。

译文

太阳和月亮遥挂天际，它们的光辉普照大地。
世间竟有这种人啊，待我不似从前那般。
我的心怎么可能安定下来呢？竟然不顾我心伤。
太阳和月亮遥挂天际，它们的光辉普照大地。
世间竟有这种人啊，不继续和我和好。
我的心怎么可能安定下来呢？为何与我不搭腔。
太阳和月亮遥挂天际，它们每天从东方升起。
世间竟有这种人啊，甜言蜜语心存不良。
我的心怎么可能安定下来呢？但愿让我忘记这一切。
太阳和月亮遥挂天际，它们每天从东方升起。
我的爹呀我的娘，为何不把我养育到底。
我的心怎么可能安定下来呢？为何待我无情更无义。

简析

这是一首弃妇诗，全诗四章。前三章作者以日月起兴，反复陈说男子言行不一、抛弃自己的行为，充满哀怨。在哀怨之中却又有着希冀，"宁不我顾""宁不我报""俾也可忘"的哭诉隐含对男子能继续照顾自己、不忘自己的希望。末章由自怨自艾转向父母哭诉，埋怨父母不能终养她一生，对她没有情义。这一埋怨看似无理，却是女子痛苦绝望之情的进一步传达。诗歌情感至此达到高潮，又戛然而止。

击 鼓

击鼓其镗①，踊跃用兵②。
土国城漕③，我独南行。

从孙子仲④，平陈与宋⑤。
不我以归，忧心有忡。

爰居爰处⑥，爰丧其马。
于以求之？于林之下。

死生契阔⑦，与子成说⑧。
执子之手，与子偕老。

于嗟阔兮⑨，不我活兮⑩。
于嗟洵兮⑪，不我信兮⑫。

注释

① 镗（tāng）：击鼓声。
② 兵：借指兵器。
③ 土国城漕：泛指修筑工事。土：挖土。国：国都。城：修城。漕：地名。
④ 孙子仲：公孙文仲，卫国将领。
⑤ 平：调停，使和好。
⑥ 爰：语助词，在这里。

⑦ 契阔：离散聚合。

⑧ 与子成说（shuō）：和你立下约定。

⑨ 于嗟：即"吁嗟"，感叹词。阔：指远离。

⑩ 活：同"佸"（huó），相聚。

⑪ 洵：远。

⑫ 信：守信，遵守诺言。

【译文】

战鼓的敲击声如同雷霆万钧，士兵手执兵器积极踊跃地操练着。

有的在漕地修筑工事，唯独我从军南行。

我跟随的将军名叫孙子仲，他从中斡旋调停了陈与宋的矛盾。

战事结束仍然难以回归卫国，这让我忧心忡忡黯然神伤。

何处可居啊何处可停？我的战马丢失在哪里了？

我到哪里才能找寻到它呢？不料它已经跑到丛林深处的大树底下。

亲爱的妻子啊，无论离散聚合，我们早已立下誓言。

我要紧紧握住你的手，与你共度此生，直到白发苍苍走到生命的尽头。

可叹山高路远，我们遥遥相望始终不能相聚。

可叹分别太过久远，你我携手与共的誓言始终难以实现。

【简析】

这是一首战争诗，也是一首思乡诗。诗中的主人公是一位士兵，因跟随卫将公孙文仲出征长期不得归乡，内心充满忧愤和思乡之情。全诗五章，分两个层次。前三章表达久役他乡的愤懑，以"我独南行"为抒情中心，通过战马跑失与寻回的细节表达对身死战场，不能回乡的忧惧。后两章则进一层揭示出心中所念，担心不能实现当初与妻子立下的白头到老的誓言。归期无望，盟誓难成，思念的痛苦遂与常年征战的悲叹交织相融。

凯 风

凯风自南①，吹彼棘心②。
棘心夭夭③，母氏劬劳④。

凯风自南，吹彼棘薪⑤。
母氏圣善，我无令人⑥。

爰有寒泉，在浚之下⑦。
有子七人，母氏劳苦。

睍睆黄鸟⑧，载好其音。
有子七人，莫慰母心。

注释

①凯风：南风，和风。
②棘心：酸枣树的嫩芽。酸枣树初生即有刺。
③夭夭：嫩弱的样子。
④劬（qú）：辛苦。
⑤棘薪：可以为薪的酸枣树。
⑥令：美好。此句当为儿子的自责之语，意为母亲这么圣明善良，我们做儿子的却还没达到善人。
⑦浚：卫国地名。
⑧睍睆（xiàn huàn）：美好的样子。形容声音清和圆转。

译文

煦煦和风自南吹来，吹拂在酸枣树刚冒出的嫩芽上。
枣树芽心娇嫩脆弱，只能辛苦母亲奔忙照料。
煦煦和风自南吹来，酸枣树在风儿的吹拂下已经长出粗壮的枝条。

母亲明理且善良,可儿子却做得不够好,无法报答亲娘。
寒泉之水冰凉透骨,源头就在浚县旁。
抚养着七个孩子,母亲自然劳苦功高。
小小黄雀婉转歌唱,声音悦耳动听、清脆嘹亮。
母亲辛苦抚育七个孩子,可儿子们却难以用行动宽慰慈母之心。

[简析]

这是一首对母爱的颂诗。全诗四章,分两个层次表达对母亲辛劳养育孩子的赞颂。前两章以凯风起兴,作者用温暖的南风吹拂着棘树成长比喻母亲对孩子的辛勤付出,以母亲的完美和自己的不够孝顺作对比,传达出自责之情。后两章继以寒泉、黄鸟起兴,母亲像泉水一样哺育七个孩子长大,而孩子做得还不好,不能使母亲欣慰、放心,进一步传达出孝子对母亲的赞美之情。诗歌比喻贴切,情感真挚。受《凯风》影响,凯风、寒泉成了母爱的象征。

雄 雉

雄雉于飞①,泄泄其羽②。
我之怀矣,自诒伊阻③。

雄雉于飞,下上其音。
展矣君子④,实劳我心。

瞻彼日月,悠悠我思。
道之云远,曷云能来⑤?

百尔君子⑥,不知德行。
不忮不求⑦,何用不臧⑧?

注释

① 雉（zhì）：野鸡。

② 泄（yì）泄：缓缓地飞。

③ 诒：同"贻"，遗留。伊：这。阻：忧愁。

④ 展：诚实。

⑤ 曷：何时。云：与上一句的"云"同为语助词。

⑥ 百尔：众多。君子：这里指统治者。

⑦ 忮（zhì）：忌恨；残害。求：指贪心。

⑧ 用：凭。臧：善，好。

译文

雄雉在空中飞翔，缓缓扇动着翅膀。
我如此思念夫君，思念带来了浓浓的忧伤。
雄雉在空中飞翔，上下鸣叫声音嘹亮。
我那诚实善良的夫君，实在让我心劳神伤。
看那日月升起落下，我的思念之情悠悠绵长。
路途漫漫相隔千里，夫君何日才能还乡？
那些高高在上的老爷何其之多，不知是什么德行。
我的夫君既不害人又不贪婪，凭什么没有一个好结果？

简析

这是一首思妇诗。雄雉求偶时常通过舒展其漂亮的羽毛和发出动听的声音吸引雌雉，故而诗歌前两章比、兴兼用，主人公看到眼前的雄雉，想起了离家的丈夫，心中充满思念与忧愁。第三章则以丈夫离家岁月之久，道路之远来进一步抒发盼望良人早日归家的思念之情。末章语气一变，四个入声字"不"短促激烈，转向了对统治者的强烈批评，让自己心中有着完美形象的丈夫离家远去的罪魁祸首是谁？正是那些不能体恤民情的统治者。这一变化使得诗歌的主旨得到了深化，具有了强烈的现实批判意义。

匏有苦叶

匏有苦叶①,济有深涉②。
深则厉③,浅则揭④。

有弥济盈⑤,有鷕雉鸣⑥。
济盈不濡轨⑦,雉鸣求其牡。

雍雍鸣雁⑧,旭日始旦。
士如归妻,迨冰未泮⑨。

招招舟子⑩,人涉卬否⑪。
人涉卬否,卬须我友⑫。

注释

①匏（páo）：葫芦。

②济：济水,发源于今河南省济源市。涉：可以踏着水渡过的地方。

③厉：穿着衣服渡河。

④揭（qì）：提着衣服渡河。

⑤弥：水深满的样子。盈：满。

⑥鷕（yǎo）：雉的叫声。

⑦濡：被水浸湿。轨：大车的轴头。

⑧雍雍：鸟和鸣声。

⑨迨：及,等到。泮（pàn）：冰融化。

⑩招招：指船夫招手的样子。舟子：指摇船的人。

⑪卬（áng）：我。卬否：我不愿走。

⑫须：等待。友：指爱侣。

译文

葫芦有叶叶味苦,济水深深也能渡。
水深就穿着衣服渡河,水浅就提衣蹚过河。
济河水深已漫河堤,雌雉在水边声声啼叫。
河水虽满尚未浸湿车的轴头,雌雉鸣叫只为求偶。
大雁在长空鸣叫,一轮旭日从东方冉冉升起。
你如果真想娶我,趁着冰尚未融化先过河来吧。
船夫声声招呼邀我上船,别人先渡我不愿意走。
别人先渡我不愿意走,我要等待我的心爱之人。

简析

　　这是一首爱情诗。诗中的女子一大早就来到济水河畔等待意中人的到来。诗歌前三章以葫芦成熟、济水满盈、雌雉鸣叫、雁声和鸣作比,形象传达了女子心中盼望意中人早点到来的急切之情,而"士如归妻,迨冰未泮"则点明了这场等候的最终目的,原来女子是在等意中人前来商谈婚事。末章则以一颇具戏剧性的场面收结,启人遐想。来自对岸的船儿已经靠岸,船夫向女子频繁招手唤她上船,而女子则是不好意思地连连解释,"卬"就是北方俚语"俺","人涉卬否"这一带有浓厚口语特点的重复,生动刻画出一个语含羞涩而又略带娇憨的女性形象。

谷　风

习习谷风①,以阴以雨。
黾勉同心②,不宜有怒。
采葑采菲③,无以下体④。
德音莫违⑤,及尔同死。

行道迟迟⑥,中心有违⑦。

不远伊迩⑧，薄送我畿⑨。
谁谓荼苦⑩，其甘如荠⑪。
宴尔新昏⑫，如兄如弟。

泾以渭浊⑬，湜湜其沚⑭。
宴尔新昏，不我屑以⑮。
毋逝我梁⑯，毋发我笱⑰。
我躬不阅⑱，遑恤我后⑲。

就其深矣，方之舟之⑳。
就其浅矣，泳之游之。
何有何亡，黾勉求之。
凡民有丧㉑，匍匐救之㉒。

不我能慉㉓，反以我为雠㉔。
既阻我德㉕，贾用不售㉖。
昔育恐育鞫㉗，及尔颠覆㉘。
既生既育，比予于毒㉙。

我有旨蓄㉚，亦以御冬。
宴尔新昏，以我御穷。
有洸有溃㉛，既诒我肄㉜。
不念昔者，伊余来墍㉝。

注释

①习习：和暖舒适的样子。一说连绵不断的样子。谷风：指东风。一说来自山谷的猛烈的风。

②黾(mǐn)勉：努力。

③葑(fēng)、菲：指蔓菁、萝卜一类的蔬菜。

④无以:不用。下体:指根部。

⑤德音:指丈夫曾说过的好话。违:背弃。

⑥迟迟:缓慢。

⑦违:怨恨。

⑧伊:是。迩:近。

⑨薄:语助词。畿(jī):门槛。

⑩荼(tú):苦菜名。

⑪荠(jì):芥菜。

⑫宴:乐,安乐。

⑬泾:泾水,其水清澈。以:因为。渭:渭水,其水浑浊。

⑭湜(shí)湜:水清澈的样子。沚:底,一说水中小洲。

⑮不我屑以:不愿意同我亲近。屑:顾惜。

⑯逝:去,往。梁:河中为捕鱼垒成的水坝。

⑰发:打开。笱(gǒu):古代捕鱼用的竹篓。

⑱躬:自身。阅:容纳。

⑲遑:来不及。恤:顾念。后:指被弃以后的事。

⑳方:木筏,这里指用木筏渡河。舟:指用船渡河。

㉑民:指邻居。丧:灾祸。

㉒匍匐(pú fú):爬行。这里指尽力。

㉓惜(xù):爱惜。

㉔雠(chóu):同"仇"。

㉕阻:拒绝。

㉖贾(gǔ):卖。用:货物。不售:卖不掉。

㉗育:长,生长。恐:恐惧。鞫(jū):贫穷。

㉘颠覆:患难。

㉙毒:毒虫。

㉚旨蓄:储藏的美味蔬菜。

㉛洸(guāng)、溃:原指水流湍急,这里形容男子发怒的

样子。

㉜既：尽。诒：遗留下。肄（yì）：辛劳。

㉝伊：惟，只。余：我。来：语助词。墍（xì）：休息，这里指爱惜，照顾。

译文

山谷刮起猛烈强劲的大风，阴云密布大雨交织。
夫妻本应共勉同心，不该怒目相向毫无包容。
采摘萝卜和蔓菁，摘掉嫩叶就狠心把根舍弃。
死生相依的誓言言犹在耳，你却违信背约与我离心离德。
我步伐沉重地走出家门，内心充满怨恨和不忍。
不敢奢望你远送，岂料你仅仅送到门口。
是谁说苦菜味道最苦，在我看来它如芥菜一般甘甜。
你们新婚燕尔其乐融融，感情亲密如胶似漆。
泾河水、渭河水一清一浊，泾渭相交时河底却非常清澈。
你们新婚燕尔其乐融融，丝毫不顾惜我心如刀绞。
请你再也不要到鱼坝来，再也不要把鱼篓打开。
你连我本人都不能相容，又怎能顾及我去后的情况。
我处理家事犹如渡河一般，河水深时就用竹筏舟船渡过；
河水浅时就潜水或游泳渡过。
家里有这没有那，我都尽心竭力去筹办。
左邻右舍忽遇灾难，我也尽力奔走救助。
你不爱我倒也罢，竟然还把我视为仇敌。
你拒绝了我的善意，我的情感你也不曾回应。
从前我们家徒四壁，极度害怕贫穷，我都愿意与你患难共苦。
如今日子有了好转，竟然嫌我厌我如毒虫。
我备好干菜和腌菜，贮存起来准备过冬。
你却在新婚之际，拿我这些货物去抵御你的穷困。
你粗声恶气欺负我，既惹我生气又让我吃苦。

往日情意全然不顾念，只有我还在可怜巴巴地顾惜它。

简析

　　这是一首弃妇诗。首章以谷风、阴雨起兴，比喻男子的暴躁易怒，又用采集萝卜蔓菁而丢弃其根比喻男子喜新厌旧，抛弃自己，并揭示了被弃的原因。次章抒发被弃离家的不舍之情，并以丈夫新婚之乐反衬自己被弃之苦，甚于苦菜。第三章再以泾水自比，暗喻丈夫不辨清浊，表达了被弃的哀怨和家业被丈夫所夺的痛苦。第四章回顾自己辛勤持家，德行无亏，反衬出被弃的无辜与无奈。第五、六两章将丈夫对自己的不同态度作对比，责备丈夫的无情。诗歌在艺术表现手法上多用比、兴和对比，情感凄楚悲凉，风格怨而不怒，塑造了一个痴情而又善良的女性形象。

式　微

式微式微①，胡不归②？
微君之故③，胡为乎中露④？

式微式微，故不归？
微君之躬，胡为乎泥中？

注释

①式：语助词。微：幽暗不明。
②胡：为什么。
③微：非，不是。故：缘故。
④中露：露水中。一说"露"同"路"。

译文

天黑啦，天黑啦，为什么还不回家？
如果不是因为君主你的缘故，哪会在露水中沾湿衣服？
天黑啦，天黑啦，为什么还不回家？

如果不是为了养活你们,哪会在泥浆中劳作?

简析

这首诗一般被认为是老百姓苦于劳役之繁重而作,表达了主人公盼望归乡的急切之情。"式微"二字在后世逐渐演化成"衰落"的代名词。诗歌内容很简单,但在艺术上却颇有特色。首先,整首诗四句均为问句,在一次又一次的发问中复叠出浓郁的悲苦与愤恨之情。其次,句式上三、四、五言交错使用,句句押韵,又不断换韵,很好地传达出主人公起伏激荡的情绪变化,颇有一唱三叹之韵致。

简 兮

简兮简兮①,方将万舞②。
日之方中③,在前上处④。
硕人俣俣⑤,公庭万舞⑥。

有力如虎,执辔如组⑦。
左手执龠⑧,右手秉翟⑨。
赫如渥赭⑩,公言锡爵⑪。

山有榛⑫,隰有苓⑬。
云谁之思⑭,西方美人⑮。
彼美人兮,西方之人兮。

注释

① 简:鼓声。一说形容舞师勇武之貌。

② 方将:将要。万舞:古代一种舞名。舞者先拿着兵器表演武舞,然后换成羽毛和乐器表演文舞。

③ 方中:正中,指正午。

④ 在前上处：在队伍前面。

⑤ 硕人：身材魁梧的人。俣（yǔ）俣：大而美。

⑥ 公庭：卫公的庭院。

⑦ 辔（pèi）：马的缰绳。组：用丝织成的宽带子。

⑧ 籥（yuè）：古时一种管乐器。

⑨ 秉：持。翟（dí）：野鸡尾部的毛。

⑩ 赫：红色。渥：厚。赭（zhě）：红褐色的土。

⑪ 锡：赐。爵：酒器。

⑫ 榛：树名。

⑬ 隰（xí）：低湿之地。苓：植物名，大苦。

⑭ 云：语气词，无实义。

⑮ 美人：容貌或品德好的人，这里指舞师。

译文

鼓声擂得震天响，万舞将要盛大开场。
正午时分艳阳高照，舞蹈领队站在队伍的前面。
舞师健壮且英武，在卫公的庭院表演万舞。
他的动作勇武有力状若猛虎，手握缰绳动作熟练。
左手拿着籥管吹奏，右手持着野鸡翎毛挥舞。
面色通红犹如涂了红褐色的土，国君连说快赏赐酒水。
高高山上有榛树，低湿之地有苦苓。
心之所念为何人？是西方那英俊的舞师。
那英俊的舞师啊，是从西方来的！

简析

旧说这首诗的主题是讽卫君不能用人，现在一般认为是表达倾慕之情。全诗四章，首章一开篇就推出了一位勇武的舞师。他站在队伍的正前方，准备开始表演万舞。第二、三章细致描绘了武舞和文舞的场景，不断渲染舞蹈场面的盛大和舞者矫健的身姿，气氛热烈。末章突然一转，节奏放缓，转入情思的抒发。

"山有榛，隰有苓"两句兴中有比，引出了观看舞蹈表演的女子对舞师的倾慕之情。结尾四句几乎全用平声，在"西方美人"与"美人西方"的复沓中传递出悠长的爱慕与相思之情。

泉 水

毖彼泉水①，亦流于淇②。
有怀于卫，靡日不思③。
娈彼诸姬④，聊与之谋。

出宿于泲⑤，饮饯于祢⑥。
女子有行⑦，远父母兄弟。
问我诸姑，遂及伯姊⑧。

出宿于干⑨，饮饯于言⑩。
载脂载舝⑪，还车言迈⑫。
遄臻于卫⑬，不瑕有害⑭？

我思肥泉⑮，兹之永叹⑯。
思须与漕⑰，我心悠悠。
驾言出游，以写我忧⑱。

注释

①毖（bì）：泉水涌流的样子。
②淇：河名。
③靡：无。
④娈（luán）：美好的样子。诸姬：同行的姬姓女子。
⑤泲（jǐ）：卫国地名。
⑥饯：指饯行。祢（nǐ）：卫国地名。

⑦ 行：出嫁。

⑧ 伯姊：姐妹中的年长者。

⑨ 干：卫国地名。

⑩ 言：卫国地名。

⑪ 载：语助词。脂：给车轴涂上润滑油。辖（xiá）：把车轴上的金属键弄紧。

⑫ 还：返回或回转。还车：掉转车头。迈：行。

⑬ 遄（chuán）：迅速。臻：到达。

⑭ 瑕：同"遐"，何。不瑕有害：不会有什么祸患吧？

⑮ 肥泉：卫国一水名。

⑯ 兹：更加。

⑰ 须、漕：卫国地名。

⑱ 写：同"泻"，宣泄。

译文

清澈的泉水汩汩流淌，最终还是回归淇水。
好怀念我的故土卫国，没有一天不想它。
同行的姬姓好姑娘，我要和她细细聊。
回想当初曾在沵地居住，还在祢邑摆酒饯行。
女子出嫁到别国，远离父母和兄弟。
临行问候我姑母，还有家中的大姐姐。
如能回乡希望在干地住宿，在言地饯行。
那个时候一定为车涂好油上好轴，掉转车头直奔故乡。
心心念念的卫国很快就能达到，中间应该不会有什么意外吧？
我的思绪回到卫国的肥泉，忍不住发出声声叹息。
再想想卫国的须城和漕邑，我心中的愁思剪也剪不断。
驾着马车去散散心，以此宣泄我心中的愁苦。

简析

这是一首怀乡诗，旧说主人公是许穆夫人。全诗以虚写实，表达了一位远嫁他乡的卫国女子的思乡之愁。首章以泉水流入淇水起兴,引出"有怀"的思乡主旨。次章转入回忆,怀想当年出嫁时与家人话别的场景,反衬现在的思乡之苦。第三章进一步写思乡之情极浓极深,主人公产生了幻觉,还乡画面衬托出归宁的喜悦。末章从幻想落入现实,浓重的哀愁化为一声长叹,道不尽悠悠思乡之苦!

北 门

出自北门,忧心殷殷①。
终窭且贫②,莫知我艰。
已焉哉③!天实为之,谓之何哉!

王事适我④,政事一埤益我⑤。
我入自外,室人交遍谪我⑥。
已焉哉!天实为之,谓之何哉!

王事敦我⑦,政事一埤遗我⑧。
我入自外,室人交遍摧我⑨。
已焉哉!天实为之,谓之何哉!

注释

① 殷殷:忧愁深重的样子。
② 终:既。窭(jù):贫寒。
③ 已焉哉:算了吧。
④ 王事:王室的差事。适(zhì):扔。
⑤ 一:都,全部。埤(pí)益:增加。
⑥ 交遍:轮番。谪(zhé):指责。
⑦ 敦:逼迫。

⑧ 遗：给，交给。
⑨ 摧：讥讽。

[译文]
缓缓走出城北门，忧愁烦恼重重压在心头。
生活过得窘迫贫寒，没有人知道我的艰难。
算了吧！这是老天爷的安排，我还能说什么呢！
王室差事派给我，官府杂事全都丢给我。
精疲力竭回到家，家人轮番责怪我。
算了吧！这是老天爷的安排，我还能说什么呢！
王室差事逼迫我，琐碎的公务全都推给我。
精疲力竭回到家，家人轮番讽刺我。
算了吧！这是老天爷的安排，我还能说什么呢！

[简析]
这是一首怨诗。诗歌以第一人称口吻，全用赋体，塑造了一位不堪繁重事务的劳苦而又不被理解、满腹辛酸的小官吏形象。每章末尾"已焉哉！天实为之，谓之何哉！"的重复呼告逐层强化表达出下层官吏的悲愤之情，具有浓厚的现实主义色彩。

北 风

北风其凉，雨雪其雱①。
惠而好我②，携手同行。
其虚其邪③？既亟只且④！

北风其喈⑤，雨雪其霏⑥。
惠而好我，携手同归⑦。
其虚其邪？既亟只且！

莫赤匪狐⁸，莫黑匪乌。
惠而好我，携手同车。
其虚其邪？既亟只且！

注释

①雨（yù）雪：下雪。其雱（páng）：即"雱雱"，形容雪下得很大。

②惠而：顺心的样子。好我：与我友好。

③其虚其邪：岂能慢吞吞地前行。其：语气词。虚、邪：缓慢的样子。

④既：已经。亟（jí）：急。只且（jū）：语助词，不译。

⑤喈（jiē）：风迅疾的样子。

⑥霏：雨雪纷飞的样子。

⑦同归：一起到其他地方。

⑧莫：没有。匪：非。此句中的狐狸与后一句中的乌鸦均有比喻坏人之意。

译文

凛冽的北风带来刺骨的寒意，雪花纷纷扬扬从天而降。

和我心意相通的好友，一起携手逃亡。

逃亡路上岂能缓行慢走？事态已经非常紧急，祸患即将降临！

凛冽的北风呼啸而来，雪花纷纷扬扬从天而降。

和我心意相通的好友，一起携手逃亡。

逃亡路上岂能缓行慢走？事态已经非常紧急，祸患即将降临！

天下狐狸的皮毛皆是赤色，天下乌鸦的羽毛尽是黑色。

和我心意相通的好友，一起携手逃亡。

逃亡路上岂能缓行慢走？事态已经非常紧急，祸患即将降临！

简析

　　这是一首逃难诗。《毛诗序》云："《北风》，刺虐也。卫国并为威虐，百姓不亲，莫不相携持而去焉。"诗歌前两章均以呼啸的北风、漫天的大雪起兴，暗示当时动乱的社会现实，展现了一幅百姓匆急奔逃的逃难画面。末章以赤狐、黑乌比喻坏人当政，揭示了百姓逃难的原因。诗歌在艺术上以比、兴为主，起兴之景物既是实景，又是对当时社会现实的比喻性表述，兴中有比，虚实结合。三章结尾复沓手法的运用又将逃难的真实场景再现出来，同行之人"其虚其邪"的徘徊犹豫，主人公"既亟只且"的焦急催促，仿佛就在眼前！

静　女

静女其姝①，俟我于城隅②。
爱而不见③，搔首踟蹰④。

静女其娈，贻我彤管⑤。
彤管有炜⑥，说怿女美⑦。

自牧归荑⑧，洵美且异⑨。
匪女之为美，美人之贻。

注释

① 静女：淑女。姝（shū）：美好。
② 俟（sì）：等候。城隅：城角隐蔽处。
③ 爱：同"薆"，躲藏。见：发现。
④ 踟蹰（chí chú）：徘徊不定。
⑤ 贻：赠。彤管：一种红色的小花。
⑥ 有：语助词。炜：鲜明的样子。

⑦ 说怿（yuè yì）：喜爱。

⑧ 牧：野外。归：赠送。荑（tí）：初生之白茅。这里有象征婚姻之意。

⑨ 洵：实在。异：奇特，别致。

译文

贤淑而漂亮的姑娘啊，和我相约在城角一隅。

俏皮可爱的她故意躲藏不让我找到，急得我抓耳挠腮、徘徊不定。

贤淑而美丽的姑娘啊，送我一枝彤管花。

彤管花开得鲜明夺目，我真的对它喜爱至极。

姑娘在郊外又采摘了白荑赠送于我，荑草长得奇特又美丽。

其实我喜欢它不是因为它奇妙独特，只是因为美人相赠爱屋及乌。

简析

这是一首爱情诗，共分三章。第一章叙事，一对青年男女约好在城角相见，可是女子却与男子玩起了躲藏游戏。"爱而不见，搔首踟蹰"刻画男子找不到女子时的神态与心理，一位痴情人形象跃然纸上。第二、三章转入抒情。男子想起了女子送给他的"彤管"与"荑"，陷入了甜蜜的爱情回忆之中："彤管"映射的是女子美好的容颜，而女子从郊外采来的初生的白茅就好像两人的爱情，正在不断地成长壮大。诗歌在艺术上采用倒叙和比、兴手法，叙事和抒情并重，虚实相生，谱写了一段美丽而缠绵的爱情故事。

二子乘舟

二子乘舟，泛泛其景①。
愿言思子②，中心养养③。

二子乘舟，泛泛其逝④。
愿言思子，不瑕有害⑤。

注释

① 泛泛：水波荡漾的样子。景：影。一说同"憬"，远行。
② 愿：思念的样子。言：语助词，相当于"焉"。
③ 中心：心中。养养：忧愁不安的样子。
④ 逝：往。
⑤ 瑕：同"遐"，何。

译文

两人同乘一叶孤舟，小舟随波漂荡渐渐没了踪影。
深深思念你们俩，我的心中忧愁难安。
两人同乘一叶孤舟，小舟随波漂荡越行越远。
深深思念你们俩，远行路上应该不会有什么意外吧。

简析

对这首诗的主旨，旧说认为是卫人悯卫宣公两个儿子兄弟情深，争相赴死而作。今人则有多种看法，或怀人，或送别。我们不妨将这首诗与《新台》连读。卫宣公夺子之妻后，宣姜生寿、朔二子。《诗三家义集疏》云："寿之母与朔谋，欲杀太子伋而立寿也，使人与伋乘舟于河中，将沉而杀之。寿知不能止也，固与之同舟，舟人不得杀伋。方乘舟时，伋傅母恐其死也，闵而作诗，《二子乘舟》之诗是也。"诗歌在艺术上以荡漾之流水比送别者之内心，融情入景，情景交融，而"愿言思子"的复叠，"中心养养"的不舍，"不瑕有害"的担心，又进一步传达出对乘舟二子悠悠不尽的送别之情，故此诗也可作单纯的送别诗来读。

鄘 风

柏 舟

泛彼柏舟,在彼中河。
髧彼两髦①,实维我仪②。
之死矢靡它③!母也天只④,不谅人只⑤!

泛彼柏舟,在彼河侧。
髧彼两髦,实维我特⑥。
之死矢靡慝⑦!母也天只,不谅人只!

注释

①髧(dàn):头发下垂的样子。髦(máo):即刘海。古代未成年男子头发齐眉,分向两边梳。

②实:确实。维:是。仪:配偶。

③之:到。矢:誓。靡它:无他心。

④也、只:语助词。

⑤谅:相信。

⑥特:同"仪",配偶。

⑦慝(tè):同"忒",差错,引申为变心。

译文

柏木船儿悠悠漂浮,轻摇碧波荡漾在小河中央。

垂发齐眉的少年郎啊，是我心仪的好对象。
我对天发誓今生永不变心。我的天啊我的娘，为何不能体念我！
柏木船儿悠悠漂浮，轻摇碧波荡漾在小河一旁。
垂发齐眉的少年郎啊，是我理想的夫婿。
我对天发誓对他的情谊至死不渝。我的天啊我的娘，为何不能体念我呢！

[简析]

这是一首爱情诗。诗歌以两章叠咏的形式表达了女主人公追求自由爱情的强烈愿望，以及爱情受到阻挠的痛苦之情，反映了先秦时期青年男女的爱情问题，颇有现实意义。那个年代虽然崇尚恋爱自由，但是"父母之命、媒妁之言"已成为婚姻的准则，而当二者发生矛盾时，爱情的痛苦就产生了。诗中"之死矢靡它"的爱情誓言与"母也天只，不谅人只"的现实之间的矛盾，使大胆追求自由爱情的女主人公既表现出了强烈的反抗意识，又充满了不被认可，无法达成愿望的沉痛。

墙有茨

墙有茨[①]，不可埽也[②]。
中冓之言[③]，不可道也。
所可道也，言之丑也。

墙有茨，不可襄也[④]。
中冓之言，不可详也[⑤]。
所可详也，言之长也。

墙有茨，不可束也[⑥]。
中冓之言，不可读也[⑦]。

所可读也，言之辱也。

注释

① 茨（cí）：植物名，即蒺藜。
② 埽（sǎo）：同"扫"，扫除，去除。
③ 中冓（gòu）：宫中深密之处。这里有影射宫中丑闻之意。
④ 襄：消除。
⑤ 详：详细地讲述。
⑥ 束：捆扎。这里指打扫干净。
⑦ 读：宣扬。

译文

墙上有蒺藜，不可以清除它。
宫中深密之事，不可向外传播啊！
如果传播出去，它丑不可言。
墙上有蒺藜，不可以清除它。
宫中深密之事，不可以细说啊！
如果说出来，那丑事可太多了。
墙上有蒺藜，不可以清除它。
宫中深密之事，不可向外宣扬啊！
如果宣扬出来，那可真是一种耻辱。

简析

这是一首讽刺诗。《毛诗序》云："《墙有茨》，卫人刺其上也。公子顽通乎君母，国人疾之，而不可道也。"诗歌以"墙有茨"起兴，兴中见比。"茨"有刺，附着在墙上很难清理，这就好像宫里发生的丑闻很难消除影响一样。对此，诗中连用了六个"不可"，来强调宫中丑闻的恶劣程度，表达出人们的强烈愤慨。同时，每章结句的"所可"又与"不可"形成一种语意上的转折，看似舒缓，实则将人们对宫中龌龊事感到"丑""长""辱"的情感变化一层层展现出来，正如清代牛运震《诗志》所评："正申明不可道之义,却用转语,意味便自深长。"

桑 中

爰采唐矣?沬之乡矣①。
云谁之思?美孟姜矣②。
期我乎桑中,要我乎上宫,送我乎淇之上矣③。

爰采麦矣?沬之北矣。
云谁之思?美孟弋矣。
期我乎桑中,要我乎上宫,送我乎淇之上矣。

爰采葑矣?沬之东矣。
云谁之思?美孟庸矣。
期我乎桑中,要我乎上宫,送我乎淇之上矣。

注释

①爰:于焉的合音,在哪里。唐:植物名,女萝。一说"棠",梨的一种。沬(mèi):卫邑名。乡:郊外。

②孟:排行居长。姜与下文中出现的弋、庸均是贵族姓氏。

③桑中:地名。一说桑林中。要(yāo):邀请。上宫:楼名。淇:淇水。

译文

到哪儿去采女萝呢?到那沬邑的郊外。
我日思夜想的人是谁呢?是那美丽漂亮的孟姜。
约我在桑中等待,邀我在上宫相会,送我到淇水之上。
到哪儿去采麦穗呢?到那沬邑的北边。
我日思夜想的人是谁呢?是那美丽漂亮的孟弋。
约我在桑中等待,邀我在上宫相会,送我到淇水之上。

到哪儿去采蔓菁呢?到那沬邑的东边。

我日思夜想的人是谁呢?是那美丽漂亮的孟庸。

约我在桑中等待,邀我在上宫相会,送我到淇水之上。

简析

这是一首情诗。旧说多认为是讽刺卫国宫室淫乱不堪的生活,因为诗中出现了姜、弋、庸等多个女子。近人或将姜、弋、庸女当作同一个人,认为这是一首表现青年男女炽热爱情的作品。两种理解都不无道理。从艺术上看,诗歌以采集植物起兴,借自问自答的形式抒发了一个年轻小伙子对恋爱情事的迷恋和回味。各章末句均不作任何改动,反复吟唱,更将这种情感体验抒发得淋漓尽致。

蝃蝀

蝃蝀在东①,莫之敢指②。
女子有行③,远父母兄弟。

朝隮于西④,崇朝其雨⑤。
女子有行,远兄弟父母。

乃如之人也⑥,怀昏姻也⑦。
大无信也⑧,不知命也⑨!

注释

①蝃蝀(dì dōng):彩虹。古人认为彩虹的产生是因为阴阳不谐,视其为淫邪之气。

②莫:没有人。指:指指点点。

③有行:指出嫁。

④隮(jì):一说升云,一说彩虹。

⑤崇朝（zhāo）：终朝，整个早晨。
⑥乃如之人：像这样的人。
⑦怀：同"坏"，败坏，破坏。昏姻：婚姻。
⑧大：太。信：贞洁。一说无信为无媒妁之言。
⑨命：父母之命。

译文

彩虹出现在天的东面，没人敢用手指指点点。
女子长大后要出嫁，终会远离自己的父母和弟兄。
彩虹出现在天的西面，整个早晨肯定会下雨。
女子长大后要出嫁，终会远离自己的父母和弟兄。
可是像她这样的人，不按正道来婚配。
信用贞洁皆不讲，父母之命也全然违背。

简析

对于这首诗，《毛诗序》《诗集传》等旧说多以讽刺诗视之。诗歌以早晚出现的彩虹起兴，比喻女子不守贞洁，不听父母之命，表达了对私奔女子的谴责。今人则多认为这是一首反映当时女子追求爱情婚姻自由而被礼教所不容的诗歌，具有鲜明的现实意义。

相 鼠

相鼠有皮①，人而无仪②。
人而无仪，不死何为？

相鼠有齿，人而无止③。
人而无止，不死何俟④？

相鼠有体，人而无礼。
人而无礼，胡不遄死⑤？

注释

① 相：看。
② 仪：礼仪。一说威仪。
③ 止：节制。一说"耻"。
④ 俟（sì）：等待。
⑤ 遄（chuán）：迅速，赶快。

译文

看那老鼠还有皮，做人怎能没有礼仪！
做人如果没有礼仪，怎么不早早去死？
看那老鼠还有齿，有人做事却毫无节制。
做人如果没有节制，不去死还等什么？
看那老鼠还有体，做人反而不守礼。
做人如果不守礼，为什么不快点死去呢？

简析

这是一首讽刺诗。诗歌三章均以鼠起兴，层层铺叙，将鼠的"有皮""有齿""有体"与当权者的"无仪""无止""无礼"对举，既揭露了当权者禽兽不如、寡廉鲜耻的行径，又隐有以鼠比喻当权者，揭示其剥削本质的含义。全诗情感浓烈，语言尖锐，具有强烈的批判意义。

载 驰

载驰载驱①，归唁卫侯②。
驱马悠悠，言至于漕③。
大夫跋涉，我心则忧。

既不我嘉④，不能旋反⑤。
视尔不臧⑥，我思不远⑦。

既不我嘉，不能旋济⑧。
视尔不臧，我思不闷⑨。

陟彼阿丘⑩，言采其蝱⑪。
女子善怀⑫，亦各有行⑬。
许人尤之⑭，众稚且狂⑮。

我行其野，芃芃其麦⑯。
控于大邦⑰，谁因谁极⑱。
大夫君子，无我有尤。
百尔所思，不如我所之。

注释

① 载：语助词。驰、驱：（车马）快跑。
② 唁（yàn）：对遭遇丧事者表示慰问，这里还有慰问失国者之意。
③ 漕：卫国邑名。
④ 嘉：赞许。
⑤ 旋反：返回。
⑥ 视：比照，比较。臧：善。
⑦ 远：远离，摆脱。
⑧ 旋济：渡河归返。
⑨ 闷（bì）：封闭。一说同"毖"，谨慎。
⑩ 阿丘：四边高的山。
⑪ 蝱（méng）：草药名，即贝母。
⑫ 善怀：多愁善感的样子。
⑬ 行：道路，这里指主张。
⑭ 许人：许国的人。尤：怨恨。

⑮ 稚：幼小。狂：愚妄。
⑯ 芃（péng）芃：茂盛的样子。
⑰ 控：告诉，赴告。
⑱ 谁因谁极：谁可以依靠，谁可以前来帮助我。因：亲近、依靠。极：至、到。

译文

车马疾驰快步奔走，回国去慰问我卫侯。
驱马前奔路途遥远，步履匆匆来到漕地。
许国大夫赶来劝阻，这让我忧愁烦恼。
即使你们不赞同，我也不能返回城中。
相比之下你们的计策不算好，而我的计划尚可通行。
即使你们不赞同，我也不能渡河归返。
相比之下你们的计策不算好，而我的想法更为周全。
登上那个高山冈，采些贝母以解愁肠。
女子虽然多愁善感，但自有道理和主张。
许国大夫怨恨我，说我幼稚且狂妄。
行走在故国的田野上，道旁的麦苗长得茂密繁盛。
奔赴大国来求援，谁可以前来帮我忙。
各位大夫君子们，不要再责备我了。
尽管你们主意多，也不如我亲自走一趟。

简析

这是一首爱国诗。一般认为是许穆夫人所作。卫为狄所灭后，齐、宋助卫复国，立戴公。许穆夫人闻之，欲返卫吊唁，为许大夫所阻，忧心忡忡之下写了这篇诗作。全诗四章，以第一人称的口吻，倾诉了许穆夫人归唁卫国，中途被阻的忧愁，塑造了一位关心国事的女诗人形象。艺术上侧重心理刻画，句式虽为四言，但节奏多变，很好地表现了许穆夫人的复杂心理。

卫 风

淇 奥

瞻彼淇奥①,绿竹猗猗②。
有匪君子③,如切如磋,如琢如磨④。
瑟兮僩兮⑤,赫兮咺兮⑥。
有匪君子,终不可谖兮⑦。

瞻彼淇奥,绿竹青青。
有匪君子,充耳琇莹⑧,会弁如星⑨。
瑟兮僩兮,赫兮咺兮。
有匪君子,终不可谖兮。

瞻彼淇奥,绿竹如箦⑩。
有匪君子,如金如锡,如圭如璧⑪。
宽兮绰兮⑫,猗重较兮⑬。
善戏谑兮⑭,不为虐兮⑮。

注释

① 淇:水名。奥(yù):水岸弯曲处。
② 猗(yī)猗:美盛的样子。
③ 匪:同"斐",形容很有文采的样子。

④切、磋、琢、磨：治骨曰切，治象牙曰磋，治玉曰琢，治石曰磨。这里引申为探讨研究学问道德。

⑤瑟：仪容庄重。僩（xiàn）：心胸开阔的样子。

⑥赫：光明正大的样子。咺（xuān）：显赫貌。

⑦谖（xuān）：忘记。

⑧充耳：挂在冠冕两旁的饰物，下垂至耳。琇（xiù）莹：美石。

⑨弁（biàn）：皮弁，皮帽。会：在皮料缝合处缀以玉饰。

⑩箦（zé）：堆积。一说竹席。

⑪圭、璧：玉制礼器。这里用于象征君子的身份品德。

⑫绰：旷达。一说柔和貌。

⑬猗（yǐ）：同"倚"。重（chóng）较：车厢前左右突出的供倚靠的横木。

⑭戏谑：言谈风趣。

⑮虐：粗暴。一说过分。

译文

极目眺望那淇水岸蜿蜒曲折，绿竹繁密茂盛倒映两岸。

文采风流的君子，学问切磋更精湛，品德琢磨更良善。

矜持庄重容貌威武，光明正大心胸开阔。

文采风流的君子，让人牢牢挂怀不能相忘。

极目眺望那淇水岸蜿蜒曲折，茂盛的竹子碧绿苍翠。

文采风流的君子，耳垂上装饰的美石晶莹夺目，帽子上的美玉明亮犹如繁星。

矜持庄重容貌威武，光明正大心胸开阔。

文采风流的君子，让人牢牢挂怀不能相忘。

极目眺望那淇水岸蜿蜒曲折，竹子茂盛得就像竹席一样。

文采风流的君子，如金如锡珍贵坚定，如圭如璧高雅无缺。

君子胸怀宽广气度不凡，登车凭倚从容与优雅。

言谈风雅妙趣横生，开玩笑也不会伤害他人。

> **简析**
>
> 　　这是一首赞诗。"君子"为何人尚无法确指,从诗意来看应是周王朝时期一位品行兼善的士大夫。全诗三章,均以竹起兴,以竹喻人,始终充满对"有匪君子"的称赞。"如切如磋"两句赞其学问精深;"瑟兮僩兮"两句赞其仪表堂堂;"充耳琇莹"两句赞其德行高尚;"善戏谑兮"两句赞其能力非凡。这些赞美之情通过重章叠咏的方式传达,给人以非常深刻的印象。

考　槃

考槃在涧①,硕人之宽②。
独寐寤言③,永矢弗谖④。

考槃在阿⑤,硕人之薖⑥。
独寐寤歌,永矢弗过⑦。

考槃在陆⑧,硕人之轴⑨。
独寐寤宿,永矢弗告⑩。

> **注释**
>
> ①考槃(pán):敲击着盘子,形容很快乐。一说建造木屋。
>
> ②硕人:指贤德之人。宽:宽大的样子。
>
> ③寐:睡着。寤:醒来。
>
> ④矢:誓。谖:忘记。
>
> ⑤阿:曲陵。
>
> ⑥薖(kē):宽和的样子。
>
> ⑦过:交往。
>
> ⑧陆:高平之地。
>
> ⑨轴:车轴,引申为弯曲盘旋的样子。

⑩告：告诉，表达。

译文

隐居在这山涧怡然自得，贤人心胸宽广气量宏大。
独眠独醒独自言，此乐永誓不忘它。
隐居在这曲陵怡然自得，贤人安闲自得心胸宽广。
独眠独醒独自歌唱，永誓不与他人来往。
隐居在这高平之地怡然自得，贤人在此游玩盘桓。
独眠独醒独自居住，此乐永誓不与他人说。

简析

这是一首歌颂隐居生活的诗歌。诗中以"独寤寐言"为中心，采用重章叠句的形式，反复吟唱主人公远离尘世纷扰，归隐山林的喜悦之情。正因心胸宽大，不管在涧、在阿、在陆，隐者都能始终保持一种怡然自得、宁静而快乐的心态，可谓境与人谐，情与景谐。

硕 人

硕人其颀①，衣锦褧衣②。
齐侯之子，卫侯之妻，东宫之妹③，邢侯之姨，谭公维私④。

手如柔荑⑤，肤如凝脂。
领如蝤蛴⑥，齿如瓠犀⑦，螓首蛾眉⑧。
巧笑倩兮⑨，美目盼兮⑩。

硕人敖敖⑪，说于农郊⑫。
四牡有骄⑬，朱幩镳镳⑭，翟茀以朝⑮。
大夫夙退，无使君劳。

河水洋洋⑯，北流活活⑰。

施罛濊濊⑱，鱣鲔发发⑲，葭菼揭揭⑳，庶姜孽孽㉑，庶士有朅㉒。

注释

① 硕人：身材高挑的美人。颀（qí）：修长。

② 褧（jiǒng）：套在外面的罩衣，这里用作动词，罩上。

③ 东宫：指太子。

④ 维：其。私：女子称姊妹的丈夫。

⑤ 荑（tí）：白茅初生的嫩芽。

⑥ 领：指脖子。蝤蛴（qiú qí）：天牛幼虫，体长而白。

⑦ 瓠犀（hù xī）：葫芦籽。

⑧ 螓（qín）：蝉的一种，体小，方头广额。蛾：指蚕蛾触角，细长而黑。

⑨ 倩：笑靥美好的样子。

⑩ 盼：眼睛黑白分明的样子。

⑪ 敖敖：身材修长高大的样子。

⑫ 说：同"税"，停息。农郊：近郊。

⑬ 牡：雄马。有：虚词，无义。骄：健壮。

⑭ 朱：红色。幩（fén）：马嚼铁外挂的绸子。镳（biāo）镳：盛美的样子。

⑮ 翟茀（dí fú）：用野鸡毛装饰的车帷。朝：上朝。

⑯ 洋洋：水流浩荡的样子。

⑰ 北流：向北流的河。活（guō）活：水流声。

⑱ 施：设网，张网。罛（gū）：大渔网。濊（huò）濊：撒网入水的声音。

⑲ 鱣（zhān）：鳣鱼。鲔（wěi）：鲟鱼。发（bō）发：鱼击水声。

⑳ 葭菼（jiā tǎn）：初生的芦苇与荻。揭揭：长的样子。

㉑ 庶姜：众姜，指随嫁的姜姓女子。孽孽：装饰华丽的样子。
㉒ 士：指随嫁的臣仆。揭（qiè）：勇武、壮健的样子。

译文

身材高挑修长的美女啊，她身着锦服和罩衣。

她是齐侯的爱女，卫侯的娇妻，太子的胞妹，邢侯的小姨，谭公是她亲妹婿。

她的手指纤纤如同白茅初生的嫩芽，皮肤如凝固的油脂洁白且细嫩。

美丽脖颈像蝤蛴那般细长而白皙，牙齿如瓠籽般洁白如雪整整齐齐，额头方正眉毛细长且黑。

微微一笑摄人心魄，美目顾盼令人销魂。

美人身材高挑修长，她的车马休憩在近郊。

四匹雄马健壮无比，马辔上红绸盛美明艳，华车徐徐往朝堂走去。

大夫朝拜完毕早点退下，不要让卫君太辛劳。

河水浩浩荡荡，哗哗奔流向北方。

渔网撒开呼呼作响，鱼儿们跳跃挣扎着被圈进了网，芦苇荻草长势旺盛，随嫁的姜家众女着装华丽，随从的庶士也勇武壮健。

简析

这首诗的主旨一般被认为是赞美卫庄公夫人庄姜。诗歌采用"赋"法对主人公的身份、美貌及出嫁时场面的盛大与隆重进行了细致的铺叙。诗歌在艺术上以比喻见长，第二节对庄姜美貌的描写采用了博喻的修辞手法，将一位富有中国审美特点的古典美人形象刻画得惟妙惟肖，尤其"巧笑倩兮，美目盼兮"两句形神兼备，千载以下，犹能见其风姿。

氓

氓之蚩蚩①,抱布贸丝②。
匪来贸丝③,来即我谋④。
送子涉淇⑤,至于顿丘⑥。
匪我愆期⑦,子无良媒。
将子无怒⑧,秋以为期。

乘彼垝垣⑨,以望复关⑩。
不见复关,泣涕涟涟。
既见复关,载笑载言。
尔卜尔筮,体无咎言⑪。
以尔车来,以我贿迁⑫。

桑之未落,其叶沃若⑬。
于嗟鸠兮,无食桑葚。
于嗟女兮,无与士耽⑭。
士之耽兮,犹可说也⑮。
女之耽兮,不可说也。

桑之落矣,其黄而陨。
自我徂尔⑯,三岁食贫。
淇水汤汤,渐车帷裳⑰。
女也不爽⑱,士贰其行⑲。
士也罔极⑳,二三其德。

三岁为妇,靡室劳矣。

夙兴夜寐，靡有朝矣。
言既遂矣㉑，至于暴矣。
兄弟不知，咥其笑矣㉒。
静言思之，躬自悼矣。

及尔偕老，老使我怨。
淇则有岸，隰则有泮㉓。
总角之宴㉔，言笑晏晏㉕。
信誓旦旦㉖，不思其反。
反是不思，亦已焉哉！

注释

① 蚩（chī）蚩：笑嘻嘻。一说憨厚老实的样子。
② 布：棉麻织成物，一说古时货币。贸：交换（物品）。
③ 匪：非。
④ 即我：到我这里来。谋：商谈婚事。
⑤ 涉：渡过。淇：古河名。
⑥ 顿丘：古地名。
⑦ 愆（qiān）：错过，拖延。
⑧ 将（qiāng）：请，希望。
⑨ 乘：登上。垝垣（guǐ yuán）：毁坏的墙。
⑩ 复关：地名，"氓"居住地。
⑪ 体：卦象。咎言：不吉利的话。
⑫ 贿：财物，指嫁妆。
⑬ 沃若：润泽的样子。
⑭ 耽：沉迷。
⑮ 说：同"脱"，摆脱。
⑯ 徂（cú）：去，往。
⑰ 渐（jiān）：沾湿。帷裳：车旁的帷幔。

⑱ 爽：差错，过失。
⑲ 贰：不专一。
⑳ 罔极：没有准则。
㉑ 遂：达成愿望，实现。
㉒ 咥（xì）：大笑的样子。
㉓ 隰（xí）：低湿的地方，这里指漯河。泮（pàn）：岸。
㉔ 总角：借指童年。宴：欢乐。
㉕ 晏晏：和悦。
㉖ 旦旦：诚恳的样子。

译文

小伙笑嘻嘻地走来，抱着棉麻织物前来换丝。
可他不是真的要换丝，而是到我这里商量婚事。
那天送你渡过淇水，送到顿丘才告辞。
不是我有意拖延婚期，是你没有托媒来求娶。
希望你不要生气，订下秋天作为婚期。
登上毁坏的城墙，遥望复关眼巴巴地盼着情郎。
望眼欲穿也寻不到你的身影，焦急难过得涕泪横流。
既见情郎从复关而来，我高兴得喜笑颜开，喋喋不休。
你已经求神问卜，卦上没有不好的征兆。
快赶着你的马车过来，把我的嫁妆搬过去。
桑树叶子尚未掉落，看起来嫩绿润泽。
小斑鸠呀小斑鸠，千万不要贪吃那桑葚。
年轻姑娘啊听我说，切莫痴迷男人。
男人陷入情网，想离开即可脱身。
女人陷入情网，要想挣脱非常艰难。
桑树叶飘落之际，枯黄憔悴任意飘零。
自从我嫁到你家来，多年吃苦受罪遭受贫穷。
淇水浩浩荡荡地流着，溅湿了我车旁的帷幔。

作为人妻我从未有过过错，你的行为却太不专一。
反复无常没有准则，前后不一德行有亏。
做你妻子这么多年，全家事务皆由我辛苦操劳。
起早贪黑操持家务，这样的日子看不到尽头。
你的愿望都达成了，翻脸就对我施加暴力。
兄弟不知道我的处境，见我回家高兴得哈哈大笑。
静下心来反复思量，我也只能独自伤心。
当初想跟你携手到老，结果到老尽是愁苦和怨恨。
淇水虽然宽广但有堤岸，漯河虽广阔但有河畔。
回忆起童年时光，说说笑笑和悦欢畅。
曾经海誓山盟说得那么诚恳，未料到头来你却把心变。
从今后忘却你立下的誓言，既已终结便互不相干。

简析

这是一首弃妇诗。诗歌中的女主人公以自述的口吻诉说了她和"氓"从相识、相恋到婚后被抛弃的遭遇，表达了内心的悔恨与痛苦之情。诗歌在艺术上颇具特色，一是全诗以赋为主，兼用比、兴，完整展现了一部爱情婚姻悲剧，具有强烈的现实主义批判色彩。二是运用对比手法，塑造了两个性格鲜明的人物形象。"氓"之前后言行不一的对比，女主人公出嫁前"其叶沃若"与出嫁后"其黄而陨"的对比，形象反映出古代女性社会地位的低下和其在婚姻爱情中饱受压迫的现实。三是全诗叙事、议论、抒情巧妙结合，在故事的推进过程中，对"于嗟女兮，无与士耽"的慨叹，对"士也罔极，二三其德"的谴责，对"反是不思，亦已焉哉"的决绝，将女主人公复杂的悔恨痛苦之情表达得淋漓尽致，感人至深。

竹 竿

籊籊竹竿①,以钓于淇。
岂不尔思②?远莫致之。

泉源在左③,淇水在右。
女子有行④,远兄弟父母。

淇水在右,泉源在左。
巧笑之瑳⑤,佩玉之傩⑥。

淇水滺滺⑦,桧楫松舟⑧。
驾言出游⑨,以写我忧⑩。

> **注释**

① 籊（tì）籊：长而尖的样子。
② 尔思：思尔，想念你。
③ 泉源：卫国西北有很多口泉，称百泉，流入淇水。
④ 行：远嫁。
⑤ 瑳（cuō）：玉色鲜白的样子，这里形容女子巧笑露齿的样子。
⑥ 傩（nuó）：形容行走姿态柔美。
⑦ 滺（yóu）滺：水流的样子。
⑧ 桧（guì）：常绿乔木，即圆柏。楫：船桨。
⑨ 驾言：操舟。言：语助词。
⑩ 写：同"泻"，排解。

> **译文**

钓鱼竿儿又细又长，回想起曾在淇水上钓鱼的场景。

怎么会不想念我的故乡？只是路途太远难以还乡。
左边泉水细细流，右边淇水长悠悠。
姑娘要出嫁远行，要离开她的父母和弟兄。
右边淇水长悠悠，左边泉水细细流。
漂亮的姑娘笑起来微露如玉齿，佩戴的玉饰随着她的动作摇曳生姿。
淇水奔流永不停息，桧木桨摇动着松木舟。
只好驾车出去游玩，以解心里的思乡之愁。

简析

这是一首思乡诗。主人公是一位远嫁异乡的女子。她的故乡和夫家虽相隔遥远，但都位于淇水边。因此，主人公的思乡就围绕着淇水展开。第一章回忆出嫁前在淇水边钓鱼的快乐。第二章回忆在淇水边与家人分别的场景。由于思乡情切又不得归乡，第三章遂以幻想的方式，想象自己打扮得漂漂亮亮回娘家的场景。在她的幻想世界中，淇水应该还和出嫁前一样吧？前三章写回忆和幻想，第四章则转回现实，写自己泛舟淇水排解思乡之苦。巨大的情感落差通过对比得到了进一步的呈现，很好地抒发了女子的思乡情怀。

芄 兰

芄兰之支①，童子佩觿②。
虽则佩觿，能不我知。
容兮遂兮③，垂带悸兮④。

芄兰之叶，童子佩韘。
虽则佩韘⑤，能不我甲⑥。
容兮遂兮，垂带悸兮。

注释

① 芄（wán）兰：一种蔓生植物，果实形如羊角。支：同"枝"。
② 觿：古时解绳结的锥子，也作佩饰，象征成人。
③ 容、遂：雍容安闲的样子。
④ 悸：带子下垂之貌。
⑤ 韘（shè）：拉弓弦的用具，俗称"扳指"。
⑥ 甲：一作"狎"，亲近。

译文

芄兰枝上结着尖荚，小小童子佩戴着角锥。
虽然你已佩戴角锥，但不能了解我的心意。
他仪容安详且悠闲自得，礼服上垂下的带子随风摆动。
芄兰枝上点缀着些许叶子，小小童子佩戴着扳指。
虽然你已佩戴扳指，但不跟我亲近。
他仪容安详且悠闲自得，礼服上垂下的带子随风摆动。

简析

这首诗的主旨有刺卫惠公、刺童子早婚、美卫惠公、恋歌等多种看法。诗中的"我"与童子也许是一起玩耍长大的好朋友，可是童子配上"觿""韘"后所表现出的成人的稳重却令"我"产生了不满。因此，这首诗理解为"女子戏所欢"（朱东润语）的恋歌可以，作为讽刺卫惠公以童子之身登位，骄而无礼的讽刺诗或者赞美卫惠公登位时年纪虽小却自有一种威仪的赞美诗也未尝不可。见仁见智，不必执于一端。

河 广

谁谓河广①？一苇杭之②。
谁谓宋远？跂予望之③。

谁谓河广？曾不容刀④。
谁谓宋远？曾不崇朝⑤。

注释

① 河：黄河。
② 苇：芦苇。杭：通"航"。
③ 跂（qǐ）：踮起脚。
④ 曾：乃，竟然。刀：通"舠"，小船。
⑤ 崇（zhōng）：结束或终结。朝（zhāo）：早晨。

译文

谁说黄河又宽又广？一条苇筏就能航行。
谁说宋国非常遥远？踮起脚就能看见它。
谁说黄河又广又宽？竟然难以容纳小木船。
谁说宋国非常遥远？一个早晨就能抵达对岸。

简析

诗中主人公旧说一般认为是卫文公之妹，现在一般认为是旅居卫国的宋人。诗人以自问自答的形式，运用夸张的手法将广阔的黄河、遥远的宋国浓缩于尺幅之间，以远为近，形象地表达了主人公急于还乡的迫切心情。同时，诗歌也给读者留下了广阔的想象空间：为何滞留于卫？既然宋离卫这么近，为什么不赶快回去？问题的答案留待读者去探索。

伯兮

伯兮朅兮①，邦之桀兮②。
伯也执殳③，为王前驱。

自伯之东，首如飞蓬。
岂无膏沐④？谁适为容⑤！

其雨其雨，杲杲出日⁶。
愿言思伯，甘心首疾。

焉得谖草⁷？言树之背⁸。
愿言思伯，使我心痗⁹。

注释

① 伯：这里指丈夫。朅（qiè）：威武高大的样子。
② 桀：同"杰"，杰出。
③ 殳（shū）：古代杖类兵器，长而无刃。
④ 膏沐：化妆用的油脂，这里指化妆。一说洗沐。
⑤ 谁适为容：但为谁修饰容貌。适：但。一说"悦"。
⑥ 杲（gǎo）杲：明亮的样子。
⑦ 谖（xuān）草：萱草，又叫忘忧草。
⑧ 背：房屋的北面。
⑨ 痗（mèi）：忧伤成病。

译文

我的夫君威武高大，是国家杰出的人才。
夫君手拿长矛，为君王冲锋陷阵。
自从夫君东征以来，我无心打扮头发乱如飞蓬。
难道没化妆用的油脂吗？但为谁修饰容貌呢！
盼望着下一场大雨，天上偏偏出现了耀眼的太阳。
想念我的夫君，想得我头疼脑也昏。
哪儿能找到忘忧草？我想把它种在屋子北面。
思念我的夫君，让我忧伤成疾一病不起。

简析

这是一首闺怨诗。《毛诗序》云："刺时也。言君子行役，为王前驱，过时而不反焉。"全诗四章，首章写女子对丈夫的夸耀，对他为国出征的行为充满自豪。后三章则转写丈夫出征后女子的思念与担心,非常清晰地描写出了思妇的情感变化,"首如飞蓬"写因为思念而无心打扮;"甘心首疾"进而写因为思念而情愿忍受头痛;"使我心痗"再进一层,写相思成疾。诗歌在艺术上以铺叙为主,运用对比手法与细节描写深入展现了思妇细腻复杂的内心世界,塑造了一个深明大义、忠贞痴情的女性形象。

有 狐

有狐绥绥①,在彼淇梁②。
心之忧矣,之子无裳③。

有狐绥绥,在彼淇厉④。
心之忧矣,之子无带。

有狐绥绥,在彼淇侧。
心之忧矣,之子无服。

注释

① 狐:狐狸。一说比喻男子。绥绥:独自慢慢地走。
② 淇:河名。梁:指桥梁。
③ 裳(cháng):遮蔽下半身的衣裙。
④ 厉:河岸,水边。

译文

狐狸独自慢慢走着,就在那淇水的桥梁上。
我的心头充满担忧,你连条裤子都没有。
狐狸独自慢慢走着,就在那淇水的浅滩上。
我的心头充满担忧,你连条像样的衣带都没有。
狐狸独自慢慢走着,就在那淇水的河岸旁。

我的心头充满担忧,你连件衣服都没有。

简析

关于这首诗的主旨历来有女子担忧丈夫天寒无衣、女子求偶等不同看法。从诗意来看,诗歌主要抒发主人公内心的忧愁。忧愁缘何而来?是因为看到淇水附近形单影只的狐狸,想起了"之子",对他怀有担心。因此诗歌的主旨主要是"忧",理解为对丈夫的担忧较合理。艺术上,诗歌以狐作为起兴之物,同时又兴中有比。句式上,三章基本一样,只是更换了个别字词,但在叠咏中却使忧思这一主旨的表达更为集中,有"一唱三叹"的表达效果。

木 瓜

投我以木瓜①,报之以琼琚②。
匪报也③,永以为好也。

投我以木桃,报之以琼瑶。
匪报也,永以为好也。

投我以木李,报之以琼玖。
匪报也,永以为好也。

注释

① 木瓜:果实苦涩,常水煮或用糖水浸渍后食用,与常见的水果番木瓜不同。
② 琼琚(jū):泛指美玉。后面琼瑶、琼玖同义。
③ 匪报:不是为了报答。匪:非。

译文

赠给我一个木瓜,我用美玉回报她。

不是仅仅为了报答，是想珍重情意永远交好。

赠给我一个木桃，我用美玉回报她。

不是仅仅为了报答，是想珍重情意永远交好。

赠给我一个木李，我用宝玉回报她。

不是仅仅为了报答，是想珍重情意永远交好。

简析

《毛诗序》认为此诗是齐桓公助卫，卫人欲厚报之而作，朱熹则以为是男女相赠答之词，此外还有臣子报君王、朋友赠答等看法。诗歌共三章，内容很简单，说的是一个赠答往来的故事。木瓜、木桃、木李代表价值小的东西，琼琚、琼瑶、琼玖代表的是远超前者价值的贵重的东西，但为什么作者还要强调"匪报"呢？是希望"永以为好也"这种情义可以发生在朋友之间、爱人之间、君臣之间，它所抒发的是一种不去计较利害得失的美好情感，因其纯粹，所以感人！

王 风

黍 离

彼黍离离①,彼稷之苗②。
行迈靡靡③,中心摇摇④。
知我者谓我心忧,不知我者谓我何求。
悠悠苍天,此何人哉!

彼黍离离,彼稷之穗。
行迈靡靡,中心如醉。
知我者谓我心忧,不知我者谓我何求。
悠悠苍天,此何人哉!

彼黍离离,彼稷之实。
行迈靡靡,中心如噎⑤。
知我者谓我心忧,不知我者谓我何求。
悠悠苍天,此何人哉!

注释

①黍:俗称黄米,比小米略大,且有黏性。离离:排成一行行的样子。

②稷:高粱。

③行迈：行走不止，指远行。靡靡：迟缓的样子。
④中心：心中。摇摇：心神不定的样子。
⑤噎（yē）：原指食物堵住喉咙，这里比喻内心忧思，气息不畅。

译文

看那黍子一行行整齐排列，高粱也长出了嫩苗。
迈着缓慢的步伐向前行走，心里恍惚不定、忧伤难安。
了解我的人说我有忧愁，不了解我的人说我有所求。
高高在上的苍天啊，这都是谁造成的呢！
看那黍子一行行整齐排列，高粱也长出了麦穗儿。
迈着缓慢的步伐向前行走，如同喝醉酒一样。
了解我的人说我有忧愁，不了解我的人说我有所求。
高高在上的苍天啊，这都是谁造成的呢！
看那黍子一行行整齐排列，高粱长出了红彤彤的米粒。
迈着缓慢的步伐向前行走，心内如噎住一般疼痛。
了解我的人说我有忧愁，不了解我的人说我有所求。
高高在上的苍天啊，这都是谁造成的呢！

简析

此诗一般认为是周大夫悯周室颠覆所作，后世因以"黍离之悲"形容国破家亡之痛。诗歌以黍离起兴，用黍之苗、穗、实的变化比喻心中忧愁的逐渐加深。忧愁为何？诗歌并没有明说，但一句高度凝练而又通俗易懂的"知我者谓我心忧，不知我者谓我何求"打动了后世无数读者，它唤起了人们对于世事变幻、知音难觅、不被理解等种种的情感共鸣。因此，诗歌的主旨不论是悼念周室，游子漂泊，还是难忘家园，都说得通。

君子于役

君子于役①,不知其期②,曷至哉③?
鸡栖于埘④,日之夕矣,羊牛下来。
君子于役,如之何勿思⑤!

君子于役,不日不月⑥,曷其有佸⑦?
鸡栖于桀⑧,日之夕矣,羊牛下括⑨。
君子于役,苟无饥渴⑩?

注释

①于:往,去。役:服役。
②期:服役的期限。
③曷(hé):何。至:回家。
④埘(shí):墙上挖洞做鸡舍。
⑤如之何:怎么。
⑥不日不月:无法拿日月来计算,形容时间很长。
⑦佸(huó):相会。
⑧桀:木桩。一说用木头搭成的鸡窝。
⑨括:来到,会合。
⑩苟:且,或许。

译文

丈夫去远方服役去了,服役的期限尚未可知,什么时候才能回到家呢?

鸡儿已经栖息到鸡舍里了,金黄的太阳也渐渐西沉,成群的牛羊从山坡上下来。

丈夫在遥远的地方服役,叫我怎么能不思念他呢!

丈夫去远方服役去了,没日没夜离别久远,什么时候夫妻才能相会呢?

鸡儿飞到木桩休眠,金黄的太阳也渐渐西沉,成群的牛羊下坡汇合。

丈夫在遥远的地方服役,姑且希望他不会受饥受渴!

> 简析

这是一首思妇诗。"君子于役"而产生的思念是《诗经》中的常见题材,而这首诗在情感表达上的独特之处就在于这种思念于日常生活中无处不在,太阳下山、鸡儿进窝、牛羊归圈等场景都会诱发主人公的思念之情,因而"曷至哉""如之何勿思""苟无饥渴"的表达就显得极为自然,极为真挚,极为感人!

君子阳阳

君子阳阳①,左执簧②。
右招我由房③,其乐只且④。

君子陶陶⑤,左执翿⑥。
右招我由敖⑦,其乐只且。

> 注释

① 阳阳:自得的样子。

② 簧:古时一种吹奏乐器。

③ 由房:即游放,相招为游乐之意。

④ 只、且:语助词,可不译。

⑤ 陶陶:欢乐的样子。

⑥ 翿(dào):舞者所持的羽扇。

⑦ 敖:同"遨"。由敖:游遨。

> 译文

我的夫君怡然自得,左手拿着多管簧。

右手招呼我去游玩，我们尽情欢乐心花怒放。
我的夫君乐陶陶，左手拿着羽扇。
右手招呼我去遨游，我们尽情欢乐心花怒放。

[简析]

关于这首诗的主旨有悯周、夫妻之乐、歌舞场面等不同理解。从诗意来看，似描写歌舞场景较为符合。全诗两章，均从快乐开始，以快乐结束，中间两句则是奏乐歌舞的画面展示。整首诗场面热烈，读起来轻松愉快，确难感受到其他深意。

兔爰

有兔爰爰①，雉离于罗②。
我生之初，尚无为③；我生之后，逢此百罹④。
尚寐无吪⑤！

有兔爰爰，雉离于罦⑥。
我生之初，尚无造⑦；我生之后，逢此百忧。
尚寐无觉⑧！

有兔爰爰，雉离于罿⑨。
我生之初，尚无庸⑩；我生之后，逢此百凶。
尚寐无聪⑪！

[注释]

① 爰（yuán）爰：舒缓的样子。
② 离：同"罹"，遭受。罗：罗网。
③ 无为：无事。
④ 罹：苦难，不幸。
⑤ 尚：庶几，差不多，表希望之意。无吪（é）：不动，不说话。

⑥ 罦（fú）：捕鸟的网，内有机关。
⑦ 无造：无为，无事。
⑧ 觉：清醒。
⑨ 罿（tóng）：捕鸟的网。
⑩ 无庸：无为，无劳役之事。
⑪ 聪：听。

【译文】

野兔儿悠然自得，野鸡儿却落进了捕兽网中。

我刚出生的时候，没有战乱和灾祸；我自出生以后，就遭遇了种种祸害。

但愿能一动不动永远睡去。

野兔儿悠然自得，野鸡儿却落进了设有机关的网里。

我刚出生的时候，没有大事没有灾祸；我自出生以后，就要经受种种忧患。

但愿长睡不要醒来。

野兔儿悠然自得，野鸡儿却落进了捕鸟的网中。

我刚出生的时候，没有劳役没有灾祸；我自出生以后，就遭遇了种种祸端。

但愿长睡过去什么也听不见。

【简析】

此诗被《毛诗序》解为"闵周"，方玉润《诗经原始》认为是大夫感慨西周灭亡，东周王权旁移之作。从诗意来看，后者较为符合。诗歌反复以兔子脱网自由自在来比喻从前安乐的生活，以野鸡入网失去自由来比喻现实生活的百般磨难，在强烈的对比中发出了宁愿长睡不醒的呼告，折射出战争给人民带来的巨大苦难，可与《黍离》并读。

葛藟

绵绵葛藟①，在河之浒②。
终远兄弟，谓他人父。
谓他人父，亦莫我顾③。

绵绵葛藟，在河之涘④。
终远兄弟，谓他人母。
谓他人母，亦莫我有。

绵绵葛藟，在河之漘⑤。
终远兄弟，谓他人昆⑥。
谓他人昆，亦莫我闻⑦。

注释

①绵绵：绵长不断的样子。葛藟（lěi）：植物名，蔓生藤本，果实可入药。
②浒：水边。
③顾：亲近，亲爱。
④涘（sì）：水边。
⑤漘（chún）：水边。
⑥昆：兄，哥哥。
⑦闻：听闻，引申为关心。

译文

葛藟藤绵延不断，爬到河边湿地上。
远离亲人和兄弟，只能称呼他人为父亲。
就算认他作父亲，他一点也不愿意和我亲近。
葛藟藤绵延不断，爬到河边湿地上。

远离亲人和兄弟，只能称呼他人为母亲。
就算喊娘千百遍，她的心里也没有我。
葛藟藤绵延不断，爬到河边湿地上。
远离亲人和兄弟，只能称呼他人为兄长。
就算视他为兄长，未曾见他关心我。

简析

这是一首漂泊者自伤身世之诗。诗歌在章法结构上采用了重章叠句和顶真的表现手段来咏叹孤身离乡，举步维艰的痛苦生活。"谓他人父（母、昆）"的反复喟叹更揭示出世态炎凉、人情淡薄的社会现实。全诗情感悲凉真挚，富有现实主义色彩。

采葛

彼采葛兮，一日不见，如三月兮。
彼采萧兮①，一日不见，如三秋兮②。
彼采艾兮，一日不见，如三岁兮。

注释

①萧：植物名，有香气，古人常用于祭祀。
②三秋：三季，即九个月。

译文

那个采葛的人啊，一天看不见她，就好像隔了三个月！
那个采萧的人啊，一天看不见她，就好像隔了三秋！
那个采艾的人啊，一天看不见她，就好像隔了三年！

简析 这是一首情诗，抒发了恋人之间恨不得朝夕相处的微妙心理。诗歌以采摘植物起兴，运用夸张手法化现实时间为心理时间，表达了作者内心的强烈思念，典型地体现了中国诗歌无理而妙的特质，尤其"一日不见，如三秋兮"一句，情与境谐，既夸张又真实，引起了后世无数青年男女的情感共鸣。

大 车

大车槛槛①，毳衣如菼②。
岂不尔思，畏子不敢。

大车啍啍③，毳衣如璊④。
岂不尔思，畏子不奔。

穀则异室⑤，死则同穴。
谓予不信，有如皦日⑥。

注释

① 槛（kǎn）槛：车行声。
② 毳（cuì）衣：毛皮制成的衣服。菼（tǎn）：初生的荻。
③ 啍（tūn）啍：车缓行声。
④ 璊（mén）：赤色的玉。
⑤ 穀（gǔ）：活着。
⑥ 皦（jiǎo）：明亮。

译文

大车缓缓而行发出槛槛之声，毛茸茸的衣服如同溪水中的菼草那样细腻柔软。
难道是我不想你吗？害怕你不能勇敢去爱。
大车缓缓而行发出啍啍之声，毛茸茸的衣服如同红色的美玉那样鲜艳夺目。
难道是我不想你？害怕你不敢跟我私奔。
活着不能相处一室，死后定要同埋一个坑。

你说我不诚信，可我的心像天上明亮的太阳一样毋庸置疑。

[简析]

这是一首情诗。诗歌截取了爱情生活中的一个片段，将情侣对爱情的追求与立下的誓言非常形象地展示出来。车中的两个青年男女正处在犹豫不决的爱情关口，因为担心对方不敢和他（她）出奔，于是发下了"死则同穴"的誓言。我们不知道这段爱情的结局如何，却能真切感受到那份真挚坚决的爱情追求。诗歌在艺术上以大车起兴，用车声隆隆来象征人物内心的纷乱，用车行缓慢来象征人物内心的犹豫，情与景融，极为动人。

郑 风

将仲子

将仲子兮①,无逾我里②,无折我树杞③。
岂敢爱之④?畏我父母。
仲可怀也⑤,父母之言,亦可畏也!

将仲子兮,无逾我墙,无折我树桑。
岂敢爱之?畏我诸兄。
仲可怀也,诸兄之言,亦可畏也!

将仲子兮,无逾我园,无折我树檀⑥。
岂敢爱之?畏人之多言。
仲可怀也,人之多言,亦可畏也!

注释

①将(qiāng):请,愿。仲:排行第二。
②无:勿,不要。逾:翻越。里:外墙。春秋战国时二十五户为一里,里外有墙。
③杞(qǐ):树名,即杞树。
④爱:吝惜,痛惜。
⑤怀:怀念、想念。

⑥ 檀:檀树。

译文

请求你呀仲子哥,不要翻越我家外墙,不要把那杞树折断。并非我舍不得这些树,而是我害怕自己的爹和娘。我无时无刻不在思念着你,但爹娘的责骂,让我心生恐惧。请求你呀仲子哥,不要翻越我家院墙,不要碰伤那墙边的桑树。并非我舍不得这些树,只是害怕诸位兄长。我无时无刻不在思念着你,但兄长的责骂,让我心生恐惧。请求你呀仲子哥,不要跳进我家后园,不要把那檀树枝弄伤。并非我舍不得这些树,只是害怕众人舌头长。我无时无刻不在思念着你,但大家的流言蜚语,让我心生恐惧。

简析

这是一首恋情诗。全诗三章,细致刻画了女主人公既害怕仲子逾墙而来被人发现,又担心仲子误解她的意思而婉转解释的心理活动过程,塑造了一个在"娶妻如何?匪媒不得"(《豳风·伐柯》)观念影响下既渴盼爱情又害怕被人非议的女性形象。诗歌以赋为主,借助重章叠句的形式推进情节。随着仲子的一次次靠近,女主人公的复杂心理得以一层层展现,景情相生。

叔于田

叔于田①,巷无居人②。
岂无居人?不如叔也,洵美且仁③。

叔于狩④,巷无饮酒。
岂无饮酒?不如叔也,洵美且好⑤。

叔适野⁶，巷无服马⁷。

岂无服马？不如叔也，洵美且武⁸。

注释

① 田：打猎。
② 巷无居人：巷中好像空无一人，指巷中没人能比得上"叔"。
③ 洵：的确，确实。仁：温厚仁爱。
④ 狩：冬天打猎。
⑤ 好：和善。
⑥ 野：郊外。
⑦ 服马：骑马的人。
⑧ 武：英武。

译文

阿叔外出去打猎，巷中好像空无一人。

难道真的没有住人？谁都不如阿叔呀，他的确是温厚仁爱。

阿叔冬天出门打猎，巷里无人来饮酒。

难道真的没人在饮酒？谁都不如阿叔呀，他的确是英俊和善。

阿叔去郊外骑马，巷里就没有骑马的人。

难道真的没人会骑马？谁都不如阿叔呀，他的确是英武有力。

简析

这是一首赞美诗。诗歌以重章叠咏的方式塑造了一个仁德和善、骑术打猎技艺高强的人物形象。艺术上多种修辞并用，如借助"巷无居人""巷无饮酒""巷无服马"的夸张手法来烘托出主人公的无双风姿，又用顶真和设问手法来强化"叔"在作者心目中独一无二的地位，很好地传达出对"叔"的赞美和景仰之情。

清 人

清人在彭①,驷介旁旁②。
二矛重英③,河上乎翱翔④。

清人在消⑤,驷介麃麃⑥。
二矛重乔⑦,河上乎逍遥。

清人在轴⑧,驷介陶陶⑨。
左旋右抽⑩,中军作好⑪。

注释

①清:清邑,邑名。彭:郑国地名。

②驷介:四匹披甲的马。介:甲。旁旁:强壮的样子。

③重英:两重朱羽的矛饰。

④翱翔:游戏的样子。

⑤消:郑国地名。

⑥麃(biāo)麃:威武的样子。

⑦乔:两重雉羽的矛饰。

⑧轴:郑国地名。

⑨陶陶:和乐的样子。

⑩旋:转身。抽:拔刀。

⑪作好:练武的姿态好。

译文

清邑军队驻扎在彭城,四匹披甲的马膘肥体壮。
两矛装饰着两重朱羽,他们在黄河边上悠闲嬉戏。
清邑军队驻扎在消地,四匹披甲的马威风凛凛。
两矛装饰着两重雉羽,他们在黄河边上逍遥自在。

清邑军队驻扎在轴地，四匹披甲的马乐陶陶的。
左转身子右拔刀，练武的姿态早就准备好。

简析

这是一首政治讽刺诗。《左传》云："郑人恶高克，使帅师次于河上，久而弗召。师溃而归，高克奔陈。郑人为之赋《清人》。"诗歌共三章，每章四句，在结构上均为三颂一讽。前三章赞颂驻守清邑的军队马匹强壮、军容威武，第四章则以"翱翔""逍遥""作好"揭示其整日游逛，不重视军备的事实，进而对国君视军事如儿戏，但凭一己好恶用人的昏庸进行了含蓄的嘲讽。

遵大路

遵大路兮①，掺执子之祛兮②。
无我恶兮，不寁故也③。

遵大路兮，掺执子之手兮。
无我魗兮④，不寁好也⑤。

注释

① 遵：沿着。
② 掺（shǎn）执：拉住。祛（qū）：袖口。
③ 不寁故：不要这么快抛弃故人。寁（zǎn）：速沼。故：故人。
④ 魗（chǒu）：同"丑"，厌恶之意。
⑤ 好：相好，旧好。

译文

沿着大路往前走啊，双手拽住你的袖口啊。
千万不要讨厌我啊，不要这么快抛弃故人啊。
沿着大路往前走啊，紧紧拉着你的手啊。
千万别厌恶我啊，不要这么快抛弃相好啊。

简析

此诗旧说认为是郑庄公失道，君子离去，国人思君子之作。现代则有弃妇、妻子送别丈夫、夫妇反目、妻子留夫等不同看法。到底何者为是，颇难断定。盖因诗歌无首无尾，只是两段女子希望男子不要讨厌她、不要离开她的呼告之语。然而这种截取生活片段加以反复吟唱的方式却给读者留下了较为广阔的想象空间，因此可以有不同理解。

女曰鸡鸣

女曰鸡鸣，士曰昧旦①。
子兴视夜②，明星有烂③。
将翱将翔，弋凫与雁④。

弋言加之⑤，与子宜之⑥。
宜言饮酒，与子偕老。
琴瑟在御⑦，莫不静好。

知子之来之⑧，杂佩以赠之⑨。
知子之顺之⑩，杂佩以问之⑪。
知子之好之⑫，杂佩以报之。

注释

①昧旦：天将亮未亮时。
②兴：起。视夜：观察天色。
③明星：启明星。烂：明亮。
④弋（yì）：射。凫（fú）：野鸭。
⑤加：射中。
⑥宜：共享。

⑦ 御：用，这里指弹奏。
⑧ 来（lài）：慰劳，关怀。
⑨ 杂佩：女子佩戴的装饰物。
⑩ 顺：顺从，体贴。
⑪ 问：赠送。
⑫ 好（hào）：喜爱，爱恋。

译文

女子说："公鸡已经打鸣了。"男子说："天快要亮了。"
"你快起来看那天空，启明星儿闪闪发亮。"
"宿巢的鸟雀即将展翅飞翔，我射点野鸭给你尝尝。"
"射中的野鸭拿回家，烹制成美味的菜肴与你共享。
美味适宜配着美酒，夫妻恩爱白头到老。
你弹琴来我鼓瑟，日子和谐美满岁月静好。"
"知道你对我关怀备至，所以送你杂佩以表爱意。
知道你对我温柔体贴，所以送你杂佩表达我的情谊。
知道你对我情义深重，所以送你杂佩回报你的爱意。"

简析

　　这是一首家庭生活诗。首章截取了清晨妻子叫丈夫起床出门打猎的一个片段，在一问一答中展现出女子的温柔和男子的慵懒，充满家庭的温馨气息。次章写丈夫打猎归来，与妻子同享收获，表达与妻子白头到老的意愿。末章写妻子感于丈夫情义，赠佩表达浓浓爱意。诗歌写日常生活和夫妻相处，语言自然质朴，情感真诚动人，尤其"琴瑟在御，莫不静好"两句似非夫妇双方之词，更像是作者对这种生活状态的赞叹，但这种突然出现的评语不仅没有破坏诗歌的整体氛围，反而深化了诗歌主旨。

有女同车

有女同车,颜如舜华[1]。
将翱将翔[2],佩玉琼琚。
彼美孟姜[3],洵美且都[4]。

有女同行,颜如舜英[5]。
将翱将翔,佩玉将将[6]。
彼美孟姜,德音不忘[7]。

注释

[1] 舜华:指木槿花。
[2] 将翱将翔:形容女子步履轻盈。
[3] 孟姜:姜姓长女。亦是美女的代名词。
[4] 洵:确实。都(dū):举止优雅。
[5] 舜英:亦指木槿花。
[6] 将(qiāng)将:佩玉互相碰撞发出的声音。
[7] 德音:美好的品德声誉。

译文

姑娘和我同乘一车,姿容秀丽犹如木槿花一般漂亮。
步履轻盈如同飞鸟,身佩美玉闪着光华。
看那位美丽的姜姑娘,举止娴雅且大方。
姑娘和我同乘一车,姿容秀丽犹如木槿花一般漂亮。
步履轻盈如同飞鸟,身佩美玉锵锵作响。
看那位美丽的姜姑娘,德行高尚让人难忘。

简析

此诗主旨,《毛诗序》以为是刺郑公子忽拒绝娶齐女,朱熹认为是"淫奔之诗",今人则多认为是情诗。"同车"在古代有同心之意,也许诗中的男女已经确定了恋爱关系或者已经成婚,但这都没有影响女子在男子心中的完美形象。诗歌从男子的视角,以铺叙的手法描写了女子如花般的容颜、轻盈的身姿、精致的服饰及品德的美好,塑造了一个外在美与内在美相统一的贵族女子形象,可与《硕人》并读。

狡 童

彼狡童兮①,不与我言兮。
维子之故②,使我不能餐兮。

彼狡童兮,不与我食兮。
维子之故,使我不能息兮③。

[注释]

① 彼:那。
② 维:因为。
③ 息:停息,休息。

[译文]

那个帅气可爱的小伙子啊,为何不和我说话呢?
因为你的缘故,致使我茶饭不思,食之无味。
那个帅气可爱的小伙子啊,为何不与我共餐呢?
因为你的缘故,致使我辗转反侧,夜不能寐。

[简析]

 这是一首情诗。诗歌从女子自述的角度,细致展现了其在爱情出现波折时的痛苦心理。首章叙说男子不与她说话致使她茶饭不思,次章进一步写矛盾加深,男子不与她共食又使得她夜不能寐。在反复的咏叹中,"彼狡童兮"那种又恨又爱的矛盾心理和"维子之故"的一片深情,被自然细腻地传达出来,正如清代陈继揆《读风臆补》所云:"若忿,若憾,若谑,若真,情之至也。"

褰 裳

子惠思我①,褰裳涉溱②。
子不我思,岂无他人?狂童之狂也且③!

子惠思我,褰裳涉洧④。
子不我思,岂无他士?狂童之狂也且!

注释

①惠:敬辞,用于对方对待自己的行动。
②褰(qiān):提起,揭起。裳(cháng):遮蔽下半身的衣裙。溱(zhēn):河名。
③也且(jū):语助词。
④洧(wěi):古河名。

译文

你若想我念我,就赶快提起衣裳蹚过溱水河。
你若不想我,岂无他人来找我?你这个憨态可掬的傻哥哥!
你若想我念我,就赶快提起衣裳蹚过洧水河。
你若不想我,岂无别的男人来爱我?你这个憨态可掬的傻哥哥!

简析

这是一首情诗。诗歌以仲春时节溱洧河畔青年男女的择偶活动为背景,塑造了一个大胆泼辣,勇敢追求爱情的女性形象。全诗共两章,在"思我"与"不我思"的不同态度的反复咏唱中显示出女主人公对爱情的鲜明态度,颇为爽快。但最后一句对"狂童"的笑骂之语却透露出女子对男子的在乎与喜爱,令人恍悟前面的"岂无他人(士)"实为"唯爱你一人"。

风 雨

风雨凄凄，鸡鸣喈喈①。
既见君子，云胡不夷②！

风雨潇潇，鸡鸣胶胶③。
既见君子，云胡不瘳④！

风雨如晦⑤，鸡鸣不已。
既见君子，云胡不喜！

注释

① 喈（jiē）喈：指鸡鸣声。
② 云：语助词。胡：怎么。夷：平静。
③ 胶胶：指鸡鸣声。
④ 瘳（chōu）：痊愈，这里指思念的心病霍然而愈。
⑤ 晦：昏暗。

译文

风雨交加冷冷凄凄，鸡儿寻伴发出喈喈的鸣叫声。
终于看见丈夫平安归来，我烦乱的心绪怎能不平静下来？
狂风骤雨倾盆而下，鸡儿寻伴发出胶胶的鸣叫声。
终于看见丈夫平安归来，我的相思之病怎能不消除？
风雨交加天色暗得像黑夜一般，窗外雄鸡啼叫不止。
终于看见丈夫平安归来，叫我怎么能不喜出望外？

简析

这是一首妻子等待丈夫的怀人之作。诗歌以悲景写乐情，用风雨如晦的凄寒猛烈象征妻子因为思念而久卧病榻的孤独凄凉，再以丈夫突然回归渲染出妻子由痛苦到惊喜的情绪变化过程。全诗三章,内容基本一样,于一唱三叹中形象传达出妻子的喜悦之情。

子 衿

青青子衿①,悠悠我心。
纵我不往,子宁不嗣音②?

青青子佩③,悠悠我思。
纵我不往,子宁不来?

挑兮达兮④,在城阙兮⑤。
一日不见,如三月兮。

注释

①子衿:周代读书人的服装。衿:襟或衣领。
②宁:难道。嗣(sì):通"贻",寄,送。音:消息。
③佩:系在衣带上的玉饰。
④挑兮达(tà)兮:走来走去,往来。
⑤城阙:城门两旁的望楼。

译文

青青的是你的衣领,悠悠的是我的心境。
纵然我没去找你,难道你不能把音信传来吗?
青青的是你的佩带,悠悠的是我的思念。
纵然我没去找你,难道你不能过来和我相见?
独自徘徊许久,在城门两边的楼台上张望。
一天没和你见面,好像有三个月那样长。

简析

关于此诗主旨历来有刺学校废止、师友相勉、淫奔、男女相思等不同说法，现在一般认为是表达男女之间相思之情的爱情诗。诗歌在刻画女性心理方面颇有特色。共三章，前两章为回忆，表达女子因不能赴约、难耐相思之苦转而埋怨对方不来主动找她的复杂心理。末章写现在，写思念，在"挑兮达兮"的思念等待中以夸张的手法直抒强烈的思念之情。

扬之水

扬之水①，不流束楚②。
终鲜兄弟③，维予与女。
无信人之言④，人实迋女⑤。

扬之水，不流束薪。
终鲜兄弟，维予二人。
无信人之言，人实不信⑥。

[注释]

① 扬：水流迅疾的样子。一说水流平缓。
② 楚：荆条。
③ 鲜（xiǎn）：少或缺少。
④ 言：流言或传言。
⑤ 迋（kuāng）：古通"诳"，欺骗。
⑥ 信：可靠。

[译文]

迅疾的水流啊，不能冲走成捆的荆条。
我家里本来就人丁单薄，缺少兄弟，只有和你相依为伴。
不要轻信他人的流言蜚语，他们实际上就是想诓骗你。
迅疾的水流啊，不能冲走成捆的木柴。
我家里本来就人丁单薄，缺少兄弟，只有你我二人相依为命。

不要轻信他人的流言蜚语,他们的话一点都不可信。

> 简析

此诗当为妻子向丈夫诉说忠贞之情的爱情诗。"束薪(楚)"在《诗经》中多次出现,常有夫妻关系的象征义。从诗意来看,丈夫可能听到了一些风言风语,对妻子产生了误会。妻子以束薪比喻夫妻同心,表明自己没有娘家兄弟,丈夫就是自己唯一的依靠,绝不会做对不起丈夫的事。诗歌共两章,在重章叠句中反复诉说了妻子对丈夫的忠贞之情,也从侧面揭示出当时女性的弱势地位,颇具现实意义。

出其东门

出其东门,有女如云。
虽则如云,匪我思存①。
缟衣綦巾②,聊乐我员③。

出其闉阇④,有女如荼⑤。
虽则如荼,匪我思且⑥。
缟衣茹藘⑦,聊可与娱。

> 注释

① 匪:非。思存:想念。

② 缟(gǎo)衣:绢制的白色衣服。綦(qí)巾:暗绿色佩巾。

③ 聊:且。员:同"云",语助词。

④ 闉阇(yīn dū):城外瓮城的重门。

⑤ 荼(tú):茅草的白花。

⑥ 思且(jū):思念。且:语助词。

⑦ 茹藘(rú lú):茜草,根可用于制作红色染料。此处指红

色的衣巾。

【译文】

出了城东门，美女多如天上浮云。

虽然多如浮云，可终究不是我思念的人。

只有那个身着白衣绿裙的姑娘，才能让我心生愉悦。

出了外城门，美女多得就像茅草花一样。

虽然多如茅草花，可终究不是我思念的人。

只有身着白衣佩戴红色衣巾的姑娘，才可以和她快乐相处。

【简析】

这是一首爱情诗。诗歌巧妙运用了烘托渲染和对比的手法，先以"如云""如荼"铺叙出男子在东门看到众多美女的惊艳之感，又在"虽则……匪我……"的转折中表达出男子对所爱之人的坚定。每章结尾均以特写镜头凸显意中人的独特，与众多美女形成鲜明对比，从而传达出"弱水三千，只取一瓢饮"的坚贞爱情观。

野有蔓草

野有蔓草①，零露漙兮②。
有美一人，清扬婉兮③。
邂逅相遇④，适我愿兮。

野有蔓草，零露瀼瀼⑤。
有美一人，婉如清扬。
邂逅相遇，与子偕臧⑥。

【注释】

① 蔓：蔓延。
② 零：滴落。漙（tuán）：露水多的样子。

③清扬：眉清目秀。后泛指仪容美好。婉：美好。
④邂逅（xiè hòu）：不期而遇。
⑤瀼（ráng）瀼：露水多的样子。
⑥臧：善，美好。一说同"藏"。

译文

郊野青草遍地蔓延，草上露珠闪闪发亮。
有位美女路上行走，她长得眉清目秀惹人怜爱。
不期而遇缘分真妙，正好合乎我的心愿。
郊野青草遍地蔓延，草上露珠星星点点。
有位美女路上行走，容颜秀美眉眼如画。
不期而遇缘分真妙，与她同行喜不自胜。

简析

这是一首情诗。全诗共两章，均以蔓草、零露起兴，兴中有比，引出春日原野上青年男女的不期而遇。"清扬婉兮"的惊艳，"邂逅相遇"的惊喜，"与子偕臧"的幸福，把一段美丽的邂逅情事描写得异常清新浪漫，景与情融，境与人谐。

溱洧

溱与洧①，方涣涣兮②。
士与女③，方秉蕳兮④。
女曰："观乎？"士曰："既且⑤。""且往观乎！"⑥
洧之外，洵訏且乐⑦。
维士与女⑧，伊其相谑⑨，赠之以勺药⑩。

溱与洧，浏其清矣⑪。
士与女，殷其盈兮⑫。
女曰："观乎？"士曰："既且。""且往观乎！"

洧之外，洵讦且乐。

维士与女，伊其将谑⑬，赠之以勺药。

注释

① 溱（zhēn）、洧（wěi）：古郑国二水名。

② 方：正。涣涣：河水解冻后水势很盛的样子。

③ 士与女：泛指男男女女。

④ 秉：执。蕳（jiān）：兰草。

⑤ 既：已经。且（cú）：同"徂"，去，往。

⑥ 且：再次。

⑦ 洵：确实。讦（xū）：大。

⑧ 维：发语词。

⑨ 相谑：互相调笑。

⑩ 勺药：即芍药。

⑪ 浏：水深而清。

⑫ 殷：众多。盈：满。

⑬ 将：即"相"。

译文

溱水和洧水又长又阔，汨汨流淌着奔向远方。

男男女女在城外郊游，他们手拿兰草自由相会。

姑娘说："咱们去看看。"小伙说："我已经去过一趟。""再去看看怎么样？"

洧水岸旁，确实是又宽敞又热闹。

男女结伴而行，互相调笑好不欢乐，临别赠朵芍药切勿相忘。

溱水和洧水又长又阔，河水既清且深。

男男女女在城外郊游，游人熙熙攘攘热闹非凡。

姑娘说："咱们去看看。"小伙说："我已经去过一趟。""再去看看怎么样？"

洧水岸旁，确实是又宽敞又热闹。

男女结伴而行，相互嬉戏喜气洋洋，临别赠朵芍药切勿相忘。

[简析]

这是一首爱情的赞歌。春秋时期，统治者为了多繁衍人口，允许大龄青年男女在仲春时节自由相会，自由同居。诗歌以男女对话的形式叙述了一场发生在溱、洧河畔的相亲故事。女子遇见了心仪男子，主动邀约，男子则欣然相随，一起到洧水外空阔的草地踏青，最后分别时以芍药相赠。古代情人常以芍药赠别，表达离别情意，而古代"勺与'约'同声"（马瑞辰《毛诗传笺通释》），故结尾的"赠之以勺药"又巧妙暗示了爱情的圆满结局。

齐 风

鸡 鸣

"鸡既鸣矣,朝既盈矣①。"
"匪鸡则鸣②,苍蝇之声。"

"东方明矣,朝既昌矣③。"
"匪东方则明,月出之光。"

"虫飞薨薨④,甘与子同梦⑤。"
"会且归矣⑥,无庶予子憎⑦。"

注释

① 朝:朝堂。一说早集。盈:满。
② 匪:同"非"。
③ 昌:兴盛,这里形容人多。
④ 薨(hōng)薨:象声词,形容虫儿齐飞的声音。
⑤ 甘:愿,乐意。
⑥ 会:上朝。且:将。归:归去,这里指散会。
⑦ 无庶:同"庶无"。庶:希望。予子憎:对你的憎恨。

译文

"你听那公鸡喔喔打鸣,朝堂上也已经站满了人。"

"不是公鸡在鸣叫,是那苍蝇嗡嗡作响。"
"你看东方已经蒙蒙亮了,朝会的大臣越来越多。"
"不是东方蒙蒙发亮,那是月亮发出的盈盈光辉。"
"你听虫儿嗡嗡地飞,它也甘愿与你一同进入梦乡。"
"上朝官员快散啦,希望你不要让人憎恨。"

简析

这是一首表现夫妻之间生活情趣的诗。全诗共三章,前两章均为妻唤夫应,末章则相反。主人公应该是朝廷上的官员,早上妻子叫丈夫起床而丈夫不想起,于是发生了一场有趣的对话。在夫妻对话中,妻子的温婉细心,丈夫的调皮与对妻子的深情被生动地展现出来,正如一幕情景剧。句式上四五言相间,有散文化倾向。语言表达口语化,富有生活气息。

还

子之还兮①,遭我乎峱之间兮②。
并驱从两肩兮③,揖我谓我儇兮④。

子之茂兮⑤,遭我乎峱之道兮。
并驱从两牡兮⑥,揖我谓我好兮。

子之昌兮⑦,遭我乎峱之阳兮⑧。
并驱从两狼兮,揖我谓我臧兮⑨。

注释

① 还(xuán):通"旋",迅捷,形容身体轻捷灵活。
② 遭:相遇。峱(náo):古山名。
③ 从:追赶。肩:泛指大兽。
④ 揖:拱手作揖。儇(xuān):便捷。

⑤ 茂：美，有才能。
⑥ 牡：指雄性野兽。
⑦ 昌：强壮勇武。
⑧ 阳：山的南面。
⑨ 臧：善，好。

译文

你的身手轻捷灵活，和我相遇在猺山之间。
我们一同追赶着两只大野兽，你作揖夸我身手敏捷。
你骑射精湛才艺高超，和我相遇在猺山之道。
我们并肩追赶两只雄性野兽，你作揖夸我技艺不凡。
你健壮勇武有力，和我相遇在猺山坡上。
我们并肩追赶两只野狼，你作揖夸我本领好。

简析

这是一首赞美诗。诗歌以重章叠句的形式讲述了两个猎人偶遇后结伴狩猎的故事，抒发了对对方狩猎本领的赞美与钦佩之情。全诗共三章，每章换韵，每句末尾又有一个"兮"字，形成语句和情感上的自然停顿，将偶遇对方的惊喜、联手狩猎的畅快、惺惺相惜的赞许等表达得酣畅淋漓。

东方之日

东方之日兮，彼姝者子①，在我室兮。
在我室兮，履我即兮②。

东方之月兮，彼姝者子，在我闼兮③。
在我闼兮，履我发兮④。

注释

① 姝：美丽。

② 履：踩，踏。即：接近。此句写女子跟随男子的脚步亲近他。
③ 闼（tà）：内门。
④ 发：行走。此句意同"履我即兮"。

译文

红红太阳从东方升起，有位美丽的姑娘，走进我的家中。
走进我的家中，她紧紧跟着我的步伐。
红红太阳从东方升起，有位美丽的姑娘，走进我的房内。
走进我的房内，她紧紧跟着我的步伐。

简析

这是一首情诗，通过对二人爱情生活的甜蜜与欢乐的回忆，表达了"我"对情人的思念之情。全诗共两章，每章五句。每章均运用起兴手法，引出思念的对象，同时又用日月来比女子的光耀圣洁。本诗最具特色之处在于"我"的频频出现，在不断的咏叹中极为强烈地表达出男子对与女子欢会的喜悦与陶醉之情，主观色彩浓厚，感染力较强。

东方未明

东方未明，颠倒衣裳①。
颠之倒之，自公召之②。

东方未晞③，颠倒裳衣。
倒之颠之，自公令之。

折柳樊圃④，狂夫瞿瞿⑤。
不能辰夜⑥，不夙则莫⑦。

注释

① 衣：上身穿的衣服。裳：下身穿的衣服。
② 公：王公贵族。
③ 晞（xī）：破晓。
④ 樊：篱笆。此处用作动词。圃：指菜园。
⑤ 狂夫：妻子称丈夫。一说中心无守之人。瞿（jù）瞿：惊顾的样子。
⑥ 不能：无从分辨。辰：指白天。
⑦ 夙（sù）：早上。莫：同"暮"，晚上。

译文

东方还未露出亮光，慌忙起床把上下衣都穿颠倒了。
穿得颠来倒去也顾不上那么多，只因王公贵族在召唤。
东方暗黑天色尚未破晓，慌忙起床把上下衣都穿颠倒了。
穿得颠来倒去也顾不上那么多，只因王公贵族发出命令。
折柳筑篱围成菜园，监工在一旁怒目圆睁。
已经无从分辨是白天还是晚上，不是早起就是晚睡。

简析

这是一首描写差役之苦的抒愤诗。全诗共三章，前两章描写了天还没亮，男子就要出门去服劳役。诗歌截取了男子错将下衣当上衣的片段，并且在两章中不断重复，暗示出政令的严苛给男子造成了巨大的压力。末章转从妻子角度进一步抒发愤懑之情：丈夫勤勤恳恳为朝廷服役，没日没夜地干活，这样的日子何时才是个尽头！诗歌真实描写了当时老百姓被剥削、被压迫的生活，抒发了底层劳动人民对黑暗现实的强烈不满，富有针砭意义。

甫田

无田甫田①，维莠骄骄②。
无思远人，劳心忉忉③。

无田甫田，维莠桀桀④。
无思远人，劳心怛怛⑤。

婉兮娈兮⑥，总角丱兮⑦。
未几见兮，突而弁兮⑧。

注释

① 无田（diàn）：不要去耕种。甫：大。
② 莠：植物名，俗称狗尾草。骄骄：草茂盛且高。
③ 忉（dāo）忉：忧思的样子。
④ 桀桀：草茂盛且高的样子。
⑤ 怛（dá）怛：忧伤的样子。
⑥ 婉：美好，柔美。娈：美好，清秀。
⑦ 总角：古时未成年人把头发扎成髻。丱（guàn）：束发如两角之貌。
⑧ 弁（biàn）：帽子。古时男子行冠礼时用弁束住头发。

译文

不要耕种那大块的田地，狗尾草长得茂盛且高大。
不要想念远方人，忧伤劳神内心熬煎。
不要耕种那大块的田地，狗尾草长得繁茂无比。
不要思念远方人，内心忧伤难以释怀。
小时候长着一张清秀俊俏的脸庞，发髻翘起来好像羊的犄角。

数年未曾相见，突然就戴上成人帽。

【简析】

　　这是一首怀人诗。全诗共三章，分为两个部分。第一、二章以田中杂草起兴，又以之比主人公心中烦乱的思绪，为之后的故人重逢做铺垫。末章写思念的人忽然出现在眼前引发的惊喜之情。看到青梅竹马的儿时伙伴已经长成了一个大小伙子，主人公心中充满惊讶、欢喜与羞涩。末章解作思念至极而产生幻觉亦通。

魏 风

葛 屦

纠纠葛屦①,可以履霜②。
掺掺女手③,可以缝裳。
要之襋之④,好人服之⑤。

好人提提⑥,宛然左辟⑦,佩其象揥⑧。
维是褊心⑨,是以为刺⑩。

注释

①纠纠:纠缠交错的样子。葛屦(jù):夏天所穿的用葛绳编制的鞋。

②可以:何以,怎么能。

③掺(shān)掺:同"纤纤",形容女子手瘦弱纤细的样子。

④要(yāo):腰身,这里作动词,缝制腰身。襋(jí):衣领,这里作动词,缝制衣领。

⑤好人:指女主人。

⑥提(shí)提:同"媞媞",安舒的样子。

⑦宛然:柔顺的样子。一说回转的样子。左辟(bì):向左转过身。

⑧象揥(tì):象牙做的可用于搔头的首饰。

⑨ 维：因。褊（piān）心：心思狭隘。
⑩ 刺：讽刺。

【译文】

夏天编织的葛绳破草鞋，穿上它怎么能踩在寒冷的冰霜上呢？

女人那双纤细瘦弱的手，如何能够缝制衣裳？

缝好腰身再缝衣领，缝好后给那女主人穿在身上。

女主人试穿后觉得衣服很舒适，但她漠然地把身子向左一转，自顾自地在头上插上象牙簪子。

只因这个女人心胸狭窄没有肚量，所以我要作诗讽刺她。

【简析】

这是一首讽刺诗。诗歌以葛屦起兴，用一个"履霜"的细节引出了一位冬天还穿着草鞋的贫困少女。她用一双巧手缝制了漂亮的衣裳给贵妇人穿，可仍然受到百般刁难。诗歌首章描写女子的穷困和精巧的缝衣技艺，末章写贵妇人穿新衣的心安理得，丝毫不顾葛屦少女。诗歌以对比手法刻画了一贫一富、一勤劳一傲慢的两个女性形象，而结尾两句则直接发出议论"维是褊心，是以为刺"，使原本模糊的主旨变得异常鲜明。

汾沮洳

彼汾沮洳①，言采其莫②。
彼其之子，美无度③。
美无度，殊异乎公路④。

彼汾一方，言采其桑。
彼其之子，美如英⑤。
美如英，殊异乎公行⑥。

彼汾一曲⑦，言采其藚⑧。
彼其之子，美如玉。
美如玉，殊异乎公族⑨。

注释

① 汾：汾水。沮洳（jù rù）：低湿之地。
② 莫（mù）：即酸模，多年生草本植物。
③ 度：衡量，度量。
④ 殊异：与众不同。公路：同"公辂"，掌管公侯辂车的官员。
⑤ 英：花。
⑥ 公行（háng）：掌管公侯兵车的官员。
⑦ 曲：河道弯曲处。
⑧ 藚（xù）：泽泻，可入药。
⑨ 公族：掌管公侯属车（侍从车）的官员。

译文

在那汾水湾低湿的地方，有个小伙在忙碌地采摘脆嫩的莫菜。
瞧我那位意中人，其潇洒俊美的程度简直无法衡量。
美的无法去度量，和王公家的官也不太一样。
在那浩浩的汾水一旁，有个小伙在忙碌地采摘桑叶。
瞧我那位意中人，长相俊美犹如鲜花怒放。
俊美如花绽放，和王公家的官也不太一样。
在那汾水的弯道旁，有个小伙在忙碌地采摘泽泻。
瞧我那位意中人，仪表堂堂俊美如玉。
美如碧玉，和王公家的官也不太一样。

简析

这是一首情诗。诗歌共三章，均以女子劳动的场所起兴，对男子从"美无度"的总体印象到"美如英"的外貌、"美如玉"的品行，逐一刻画，再以"公路""公行""公族"对比烘托，表达了女子对心仪男子的赞美之情。诗歌通过女子对意中人的夸耀，既表现了女子的痴情，又将未出场的男主人公刻画得如在眼前。

园有桃

园有桃，其实之殽①。
心之忧矣，我歌且谣②。
不知我者，谓我士也骄。
彼人是哉，子曰何其③？
心之忧矣，其谁知之。
其谁知之，盖亦勿思④。

园有棘⑤，其实之食。
心之忧矣，聊以行国⑥。
不知我者，谓我士也罔极⑦。
彼人是哉，子曰何其？
心之忧矣，其谁知之。
其谁知之，盖亦勿思。

注释

① 殽（yáo）：同"肴"，菜肴。

② 歌：合乐的歌，有乐器伴奏的歌唱。谣：徒歌，不用乐器伴奏的歌唱。

③ 彼人是哉，子曰何其：那些人说得对吗？你说要怎么办呢？是：对，正确。何：什么，怎么。其：语助词。

④ 盖：通"盍"，何不。亦：语助词。勿思：不去想。

⑤ 棘：酸枣树。

⑥ 行国：周游国内。

⑦ 罔极：没有准则。

译文

园内有桃树，其果实可以做成佳肴。
内心的忧伤无处倾诉，我只好借助歌声把它排解出来。
不了解我的人，说我这个人太傲气了。
那些人说得对吗？你说要怎么办呢？
内心忧伤不已，有谁能够了解我呢？
没人了解我的苦恼，何必再胡思乱想呢！
园内有酸枣树，它的果实可以饱腹。
内心的忧伤无处倾诉，只能周游国内聊以自慰。
不了解我的人，说我没有准则。
那些人说得对吗？你说要怎么办呢？
内心忧伤不已，有谁能够了解我呢？
没人了解我的苦恼，何必再胡思乱想呢！

简析

  这是一首忧愤诗。关于诗歌主旨有"刺时""忧国""怀才不遇""自伤身世"等多种说法。诗歌共两章，每章末尾六句完全一样，诗人自问自答，抒写了无人理解的悲叹之情。诗歌并没有明言"忧"的内容，但重章叠句中却让人深切感受到主人公忧思之重之浓，因此理解为怀才不遇、自伤身世之情或者忧国之情都说得通。

陟岵

陟彼岵兮①，瞻望父兮。
父曰："嗟！予子行役②，夙夜无已。
上慎旃哉③！犹来无止④！"

陟彼屺兮⑤，瞻望母兮。

母曰："嗟！予季行役⑥，夙夜无寐。
上慎旃哉！犹来无弃⑦！"

陟彼冈兮，瞻望兄兮。
兄曰："嗟！予弟行役，夙夜必偕⑧。
上慎旃哉！犹来无死！"

注释

① 陟（zhì）：登上。岵（hù）：多草木之山。
② 行役：因服兵役、劳役等在外跋涉。
③ 上：同"尚"，希望。慎：谨慎、保重。旃（zhān）：语助词。
④ 犹来：还是归来。止：停留。
⑤ 屺（qǐ）：不长草木的山。
⑥ 季：兄弟中排行第四或最小。
⑦ 无弃：不要把性命丢在外头。一说不要弃家不归。
⑧ 必偕：与同行者作息一致。

译文

登上那杂草丛生的山冈，探望我的父亲。
父亲说："唉！我儿服役要远行，爹爹日夜牵挂不已。
希望你能保重自己，服完劳役早早回来，切勿在外停留！"
登上那光秃秃的山顶，探望我的娘亲。
娘亲说："唉！幺儿服役要远行，老娘日夜牵挂不得眠。
希望你能保重自己，不要把性命丢在外头！"
登上那高高的山冈，探望我的兄长。
兄长说："唉！弟弟服役要远行，记得早晚和同行者相携相伴。
希望你能保重自己，身体健壮要生还！"

简析

这是一首思乡诗。全诗共三章，分别诉说了主人公对父亲、母亲和兄长的思念之情。诗歌表面似乎仅是代父母作思子诗、代兄长作思弟诗，实则采用对面写法，将主人公的思乡之情表达得委婉含蓄，情深意长。这种写法对后世羁旅行役诗颇有影响，有"千古羁旅行役诗之祖"（乔亿《剑溪说诗又编》）之说。

十亩之间

十亩之间兮，桑者闲闲兮①。
行与子还兮②。

十亩之外兮，桑者泄泄兮③。
行与子逝兮④。

注释

① 桑者：采桑的人。闲闲：悠闲的样子。
② 行：将要。一说走。
③ 泄（yì）泄：和乐的样子。一说人多的样子。
④ 逝：返回。一说离去。

译文

十亩田间有桑园，采桑的人悠闲自在好不惬意。
我们相约一起走回家吧。
十亩田间有桑树林，采桑的人成群结队一片和乐。
我们相约一起返回吧。

简析

这是一首劳动歌。此诗有刺时、归隐、情诗等说法。从诗义来看，应是写采桑女劳动后偕伴而归的欢乐场景。诗歌共两章六句，每句后都有一个读起来音调拉长的"兮"字，使情感的抒发越发平顺和缓，再加上"闲闲""泄泄"的欢乐表达，很好地将采桑女劳动之后的惬意轻松的心情传唱出来。

伐 檀

坎坎伐檀兮①,置之河之干兮②。
河水清且涟猗③。
不稼不穑④,胡取禾三百廛兮⑤?
不狩不猎,胡瞻尔庭有县貆兮⑥?
彼君子兮,不素餐兮⑦。

坎坎伐辐兮⑧,置之河之侧兮。
河水清且直猗⑨。
不稼不穑,胡取禾三百亿兮⑩?
不狩不猎,胡瞻尔庭有县特兮⑪?
彼君子兮,不素食兮。

坎坎伐轮兮,置之河之漘兮⑫。
河水清且沦猗⑬。
不稼不穑,胡取禾三百囷兮⑭?
不狩不猎,胡瞻尔庭有县鹑兮⑮?
彼君子兮,不素飧兮⑯。

注释

① 坎坎:伐木之声。
② 干:水边。
③ 涟:风吹水面形成的波纹。猗:语助词。
④ 稼:种植、播种。穑:收获。
⑤ 禾:稻谷。廛(chán):古代一家之居,即二亩半。此处指税。
⑥ 县:同"悬",悬挂。貆(huán):小貉。

⑦ 素餐:白吃饭。
⑧ 辐:辐条。
⑨ 直:直条的水波纹。
⑩ 亿:束,捆。
⑪ 特:大兽。
⑫ 漘(chún):水边。
⑬ 沦:小波纹。
⑭ 囷(qūn):束,捆。一说圆形的谷仓。
⑮ 鹑:鹌鹑。
⑯ 飧(sūn):用水泡饭。泛指吃饭。

【译文】

砍伐檀树坎坎作响,砍倒后放在河水边。
河水清澈见底,在风的吹动下泛起层层涟漪。
没有播种也没有收割,为什么能收到三百廛的稻谷?
不上山狩猎,为什么庭院里悬挂着小貉呢?
那些贵族大老爷,可不要吃白饭啊!
叮当砍伐把檀树做成车辐,砍倒后放在河的一侧。
河水清清泛起直条的波纹。
没有耕种也没有收割,为什么能收到稻谷三百捆呢?
不上山狩猎,为什么庭院里悬挂着兽肉呢?
那些贵族大老爷,可不要吃白饭啊!
叮当砍伐把檀树做成车轮,砍倒后放在河水边。
河水清清泛起阵阵涟漪。
没有耕种也没有收割,为什么能收到稻谷三百捆呢?
不出去狩猎,为什么庭院里悬挂着鹌鹑肉?
那些贵族大老爷,可不要吃白饭啊!

【简析】

这是一首充满愤怒的讽刺诗,揭示了当时阶级矛盾尖锐,劳动人民饱受剥削压迫的社会现实。全诗共三章，以赋的手法铺叙了劳动人民为统治者无休止服务的劳动过程，逐层揭示了剥削者无偿占有劳动果实、贪得无厌的寄生虫本质，情感直露，不事修饰。句式上，四、五、六、七言交错，尤其每章末尾对剥削者丑恶嘴脸的反诘，句式短促，语调激烈，包含巨大的情感力量。

硕　鼠

硕鼠硕鼠，无食我黍。
三岁贯女[①]，莫我肯顾[②]。
逝将去女[③]，适彼乐土[④]。
乐土乐土，爰得我所[⑤]。

硕鼠硕鼠，无食我麦。
三岁贯女，莫我肯德[⑥]。
逝将去女，适彼乐国。
乐国乐国，爰得我直[⑦]。

硕鼠硕鼠，无食我苗。
三岁贯女，莫我肯劳[⑧]。
逝将去女，适彼乐郊。
乐郊乐郊，谁之永号[⑨]。

注释

① 三岁：泛指多年。贯：服侍，侍奉。女：同"汝"。
② 顾：照顾。
③ 逝：同"誓"。去：离开。
④ 适：前往。彼：那个。
⑤ 爰：乃，在那里。所：处所，可以正常生活的地方。

⑥德：感激。
⑦直：同"值"，报酬。
⑧劳：慰劳。
⑨之：其，表示反问语气。号：长叹，大声呼喊。

【译文】

大老鼠啊大老鼠，不要偷吃我的黍！
多年辛苦养活你，我的处境你一点也不顾念。
我发誓从此离开你，到那理想的乐土去。
乐土啊乐土，在那里可以正常生活。
大老鼠啊大老鼠，不要偷吃我的麦！
多年辛苦养活你，你却从不感谢我。
我发誓从此离开你，去到那理想的乐国。
乐国呀乐国，在那里我能得到该有的报酬。
大老鼠啊大老鼠，不要偷吃我的苗！
多年辛苦养活你，你却从不肯慰劳我。
我发誓从此离开你，去到那理想的乐郊。
乐郊啊乐郊，在那里谁还叹气长呼呢？

【简析】

这是一首讽刺诗，表达了劳动人民对无偿占有劳动果实，不劳而获的统治者的控诉和讽刺。诗歌共三章，均以硕鼠起兴，将盘剥人民的奴隶主比喻成大老鼠，揭示他们贪婪、无耻、刻薄寡恩的本质，表达了劳动人民反抗剥削的斗争精神和寻找乐土的美好愿望，具有较强的现实主义色彩。

唐 风

蟋 蟀

蟋蟀在堂①,岁聿其莫②。
今我不乐,日月其除③。
无已大康④,职思其居⑤。
好乐无荒⑥,良士瞿瞿⑦。

蟋蟀在堂,岁聿其逝。
今我不乐,日月其迈⑧。
无已大康,职思其外⑨。
好乐无荒,良士蹶蹶⑩。

蟋蟀在堂,役车其休⑪。
今我不乐,日月其慆⑫。
无已大康,职思其忧⑬。
好乐无荒,良士休休⑭。

注释

① 堂:厅堂。
② 聿(yù):语助词。莫:同"暮",傍晚,岁暮。
③ 除:离去,结束。

④ 无：勿。已：过度。大（tài）康：过于安乐。
⑤ 职：应当。居：所处的地位。
⑥ 好：喜欢。乐：享乐。无荒：不荒废正业。
⑦ 良士：贤人，有德之人。瞿（jù）瞿：心中警惕的样子。
⑧ 迈：消逝，过去。
⑨ 外：本职之外的事情。
⑩ 蹶（guì）蹶：勤恳敏捷的样子。
⑪ 役车：服役的车辆。休：休息。
⑫ 慆（tāo）：逝去。
⑬ 忧：忧患。
⑭ 休休：安闲自得的样子。

译文

天寒地冻蟋蟀鸣叫着进入堂屋，一年匆匆已过如今临近岁暮。

如果我现在不及时行乐，时光很快就会消逝不见。

行乐不可太过放纵，应当想想自己所处的地位。

喜好享乐的同时也不能荒废正业，贤良之士必当心中有所警惕。

天寒地冻蟋蟀鸣叫着进入堂屋，一年的时光已经匆匆消逝。

如果我现在不及时行乐，日月如梭转眼光阴已逝。

行乐不可太过放纵，本职之外的事情也要考虑到。

喜好享乐的同时也不能荒废正业，贤良之士必当做事勤恳。

天寒地冻蟋蟀鸣叫着进入堂屋，岁末服役的车辆也在修整。

如果我现在不及时行乐，宝贵的光阴转瞬即逝。

行乐不可太过放纵，国家忧患常记心头。

喜好享乐的同时也不能荒废正业，贤良之士方可安闲自得。

简析

这是一首劝诫诗。诗歌以蟋蟀起兴，诗人由蟋蟀入户，想到了一岁已暮，感慨时光流逝，发出了及时行乐的慨叹。然而这并非诗人真正的用意，诗人借此进一步发出感慨，告诫自己的同时也告诫读者，行乐不能过度，要时刻谨记自己的身份与使命，既要做好本职工作，也要关注分外之事，要注意以后可能会出现的忧患。诗歌共三章，基本按照这个次序阐发，在重章叠句的反复咏叹中，将"好乐无荒"的劝诫主题表达得意味深长。

山有枢

山有枢①，隰有榆②。
子有衣裳，弗曳弗娄③。
子有车马，弗驰弗驱。
宛其死矣④，他人是愉。

山有栲⑤，隰有杻⑥。
子有廷内⑦，弗洒弗埽。
子有钟鼓，弗鼓弗考⑧。
宛其死矣，他人是保⑨。

山有漆⑩，隰有栗⑪。
子有酒食，何不日鼓瑟。
且以喜乐⑫，且以永日。
宛其死矣，他人入室。

注释

① 枢：树名，刺榆。一说臭椿树。
② 隰（xí）：潮湿低洼之地。榆：树名，白榆树。
③ 曳：拖。娄："搂"的借字。古代裳拖地，需提搂。
④ 宛：假如。

⑤ 栲（kǎo）：树名。
⑥ 杻（niǔ）：树名。
⑦ 廷内：庭院和厅室。
⑧ 考：敲击。
⑨ 保：占有。
⑩ 漆：漆树。
⑪ 栗：栗子树。
⑫ 且：姑且。

译文

山上有树名为枢，低地有树名叫榆。
你有上衣和下裳，但是不穿不戴把它们压在箱底。
你有马又有车，但是不骑不乘把它们闲置在一旁。
假如有一天你去世了，别人拿着你的东西别提有多欢愉了。
山上有树名为栲，低地有树名叫杻。
你有庭院和厅室，不去洒水不去打扫任其落满灰尘。
你有钟又有鼓，不敲不打不发出一点声音。
假如有一天你去世了，你的物资就会被他人全部占有。
山上有树名为漆，低地有树名叫栗。
你有酒又有菜，何不弹琴鼓瑟热闹一番呢？
姑且以此来娱乐，姑且以此度日月。
假如有一天你去世了，他人就会登堂入室住进你的屋里。

简析

这是一首讽刺诗。诗歌共三章，均以树木起兴，从衣着、车马到庭院、钟鼓再到酒食、娱乐，逐层描绘出一个拥有巨额财富却舍不得使用、吝啬守财的贵族奴隶主形象，并在每章的末尾表达了强烈的讽刺。整首诗出语平白，甚至有些粗俗，却很好地表达出诗人对统治者聚敛搜刮人民财产的无比痛恨，以及对他们贪婪而又悭吝成性的辛辣嘲讽。

绸　缪

绸缪束薪①，三星在天②。
今夕何夕，见此良人③？
子兮子兮④，如此良人何！

绸缪束刍⑤，三星在隅⑥。
今夕何夕，见此邂逅⑦？
子兮子兮，如此邂逅何！

绸缪束楚⑧，三星在户⑨。
今夕何夕，见此粲者⑩？
子兮子兮，如此粲者何！

> 注释
>
> ①绸缪：缠绕，捆束。
>
> ②三星：有参宿三星、心宿三星、河鼓三星三种说法，按近代天文学家看法，此诗三章中的三星分别指这三组三星。参见朱文鑫《天文考古录》。
>
> ③良人：古代夫妻多互称良人，后来多用于妻子称丈夫。
>
> ④子兮：你呀。
>
> ⑤刍（chú）：青草。
>
> ⑥隅：角落。
>
> ⑦邂逅：不期而遇。诗中用于表现两人在一起的欢乐状态。
>
> ⑧楚：荆条。
>
> ⑨户：门。指在室内从开着的门往外看可以看到三星。
>
> ⑩粲：美。诗中指新娘。

译文

一堆柴草紧紧捆在一起,三星高高悬挂于苍穹。
今天是什么样的日子啊,竟能遇此良人?
你呀!你呀!该怎么对待如此良人呢!
一堆青草紧紧缠绕在一起,三星高高悬挂于天的一角。
今天是什么样的日子啊,能和心上人不期而遇?
你呀!你呀!这样美好的相遇我该怎么做才好呢!
一堆荆条紧紧捆扎在一起,天边的三星照耀着门户。
今天是什么样的日子啊,能见到这么美的新娘子?
你呀!你呀!面对如此漂亮的新娘该做些什么呢!

简析

这是一首爱情诗。古代多在黄昏之后行昏(婚)礼,因此诗歌三章开头分别以代表着婚姻的束薪(刍、楚)起兴,从高高挂在天上的参宿三星到偏移一角的心宿三星,再到已经低到门户中可见的河鼓三星,写出了婚礼的整个过程。后四句则围绕新郎新娘在洞房之中的幸福快乐展开。"今夕何夕"四个平声字悠扬舒缓,以一个疑问句表现了沉浸在幸福中的双方忘却了时间的欢愉,而"子兮子兮"的平仄相间则转为强烈的感喟和满足的传达,语言很简单,却有着说不尽的爱情甜蜜。

杕 杜

有杕之杜①,其叶湑湑②。
独行踽踽③,岂无他人?
不如我同父④。
嗟行之人,胡不比焉⑤?
人无兄弟,胡不佽焉⑥?

有杕之杜，其叶菁菁[7]。

独行睘睘[8]，岂无他人？

不如我同姓[9]。

嗟行之人，胡不比焉？

人无兄弟，胡不佽焉？

注释

① 杕（dì）：树木特立独出的样子。杜：落叶乔木，即棠梨树。

② 湑（xǔ）湑：茂盛的样子。

③ 踽（jǔ）踽：孤独无依的样子。

④ 同父：同胞兄弟。

⑤ 胡：为什么。比：指亲近。

⑥ 佽（cì）：帮助。

⑦ 菁菁：草木繁茂的样子。

⑧ 睘（qióng）睘：同"茕茕"，忧思的样子，孤独无依的样子。

⑨ 同姓：姓氏相同。诗中指兄弟。

译文

那棵棠梨树孤零零地站在那里，树上的叶子非常茂盛。

我孤身一人行走着，难道没有同行的人吗？

还是不如和同胞兄弟在一起。

可叹路上那些人，为什么不和我亲近呢？

独行无兄无弟，为何不能帮帮我呢？

那棵棠梨树孤零零地站在那里，树上的叶子郁郁葱葱。

我孤独无依地向前行走着，难道没有同行的人吗？

还是不如和我的兄弟们在一起。

可叹路上那些人，为什么不和我亲近呢？

独行无兄无弟，为何不能帮帮我呢？

简析

这是一首孤独者自伤身世的诗。全诗围绕"独行"二字，以孤零零的棠梨树起兴,同时借棠梨树的枝叶繁盛反比自己的孤独无依,紧接着用三个问句:为什么没有人来帮助我?为什么没有人来亲近我?别人没有兄弟还能得到帮助,可自己即使有兄弟也还是没人相助,这是为什么呢?诗人找不到答案,唯有一遍又一遍地咏叹,一次又一次地陷入绝望!

鸨羽

肃肃鸨羽[1],集于苞栩[2]。
王事靡盬[3],不能蓺稷黍[4]。
父母何怙[5]?悠悠苍天!曷其有所[6]?

肃肃鸨翼,集于苞棘[7]。
王事靡盬,不能蓺黍稷。
父母何食?悠悠苍天!曷其有极[8]?

肃肃鸨行[9],集于苞桑。
王事靡盬,不能蓺稻粱。
父母何尝?悠悠苍天!曷其有常[10]?

注释

[1] 肃肃:象声词,形容鸟翅膀振动的声音。鸨(bǎo):鸟名,性不善栖木。

[2] 集:降落,栖集。苞栩:丛生的柞树。

[3] 靡:没有。盬(gǔ):休止。

[4] 蓺:种植。稷:高粱。黍:黄米。

[5] 怙(hù):依靠。

[6] 曷:何。所:地方,处所。

[7] 棘:酸枣树。

⑧极：终了，尽头。
⑨行：行列。一说鸟翅。
⑩常：正常。一说规则。

译文

野鸨簌簌地拍打着翅膀，成群结队地落在丛生的柞树上。

王室的命令没完没了，根本没有时间种植高粱和黄米。

以后父母依靠什么填饱肚子呢？高高在上的老天爷呀，什么时候才能回到我居住的地方？

野鸨簌簌地拍打着翅膀，成群结队地落在酸枣树上。

王室的命令没完没了，根本没有时间种植高粱黍属。

父母将来拿什么饥肠啊？高高在上的老天爷呀，服役什么时候才到头？

野鸨簌簌地拍打着翅膀，成群结队地落在桑树上。

王室的命令没完没了，根本没有时间种植稻谷高粱。

以后父母可吃什么啊？高高在上的老天爷呀，什么时候才能过上正常的日子？

简析

这是一首抒愤诗，抒发了百姓常年在外服役的痛苦与悲愤。诗歌共三章，均以不善栖木的鸨聚集于树上起兴，兴中有比，以鸨的反常行为比喻农民的反常生活。无穷尽的服役使劳动人民陷入了绝望。诗歌每章都从悲愤田地无人耕作、父母无人赡养到指责苍天不公，层层递进而又往复回环，表达出劳动人民对统治者为了一己私欲不顾人民死活的愤怒和控诉，极富现实意义。

葛 生

葛生蒙楚①，蔹蔓于野②。
予美亡此③，谁与独处？

葛生蒙棘，蔹蔓于域④。
予美亡此，谁与独息⑤？

角枕粲兮⑥，锦衾烂兮⑦。
予美亡此，谁与独旦⑧？

夏之日，冬之夜。
百岁之后，归于其居⑨。

冬之夜，夏之日。
百岁之后，归于其室⑩。

注释

① 蒙：蔓延覆盖。楚：灌木名。
② 蔹（lián）：草名，白蔹。
③ 予美：指所爱的人。亡此：葬在这里。
④ 域：坟地。
⑤ 息：歇息。
⑥ 角枕：用牛角做的枕头。粲：同"灿"，灿烂。
⑦ 锦衾：锦锻被褥。烂：灿烂。
⑧ 独旦：独自到天亮。
⑨ 居：指坟墓。
⑩ 室：指墓穴。

> **译文**

葛藤蔓延覆盖在荆树上,白蔹蔓延在荒凉的野地上。

我亲爱的妻子就长眠在这里,如今又有谁能陪伴在她的身旁呢?

葛藤覆盖了丛生的酸枣枝,白蔹蔓延在她荒凉的坟地。

我亲爱的妻子就长眠在这里,如今又有谁能与她共眠安息呢?

她曾经枕过的牛角枕头鲜艳夺目,她曾经盖过的锦锻被褥光华灿烂!

我亲爱的妻子就长眠在这里,如今又有谁能陪她从天黑等到天亮呢?

自你走后盛夏白天难熬,冬天黑夜孤独漫长。

百年之后,我也会来到她的身旁!

自你走后冬天黑夜孤独漫长,盛夏白天难熬。

百年之后,我也会和你同居一处。

> **简析**

这是一首悼亡诗。诗歌前两章以缠绕着荆树丛的葛藤、蔹草起兴,同时又以藤草与树之间的关系比喻自己与妻子相互依靠,与接下来抒写的妻子去世、自己形单影只的孤苦凄凉形成鲜明对比。第三章写目睹亡妻遗物,通宵难寐,思念之情益发深重。第四、五章词句基本一样,只是颠倒了"夏之日""冬之夜"的次序,却写尽了日日夜夜的情感煎熬,感人至深。

秦 风

蒹 葭

蒹葭苍苍①,白露为霜。
所谓伊人②,在水一方。
溯洄从之③,道阻且长。
溯游从之④,宛在水中央。

蒹葭萋萋,白露未晞⑤。
所谓伊人,在水之湄⑥。
溯洄从之,道阻且跻⑦。
溯游从之,宛在水中坻⑧。

蒹葭采采,白露未已⑨。
所谓伊人,在水之涘⑩。
溯洄从之,道阻且右⑪。
溯游从之,宛在水中沚⑫。

注释

①蒹葭(jiān jiā):芦苇。苍苍:茂盛,众多的样子。下文的"萋萋""采采"亦是此意。

②伊人:那个人。

③溯洄：逆流而上。从：追寻。
④游：顺流而下。
⑤晞：干。
⑥湄：水边，岸边。
⑦跻（jī）：登高。
⑧坻（chí）：水中小洲。
⑨已：止或干。
⑩涘（sì）：水边。
⑪右：弯曲，迂回。
⑫沚（zhǐ）：水中小块陆地。

译文

河畔芦苇碧绿茂盛，深秋白露凝结成白霜。
我所爱的人儿，就在水的另一边。
逆流而上去追寻她，道路艰险且漫长。
顺流而下去找寻她，她仿佛就在那水中央。
河畔芦苇又密又繁，旭日初升露水未干。
我所爱的人儿，就在河岸那一边。
逆流而上去追寻她，道路险阻难登攀。
顺流而下去找寻她，她仿佛就在那水中小洲。
河畔芦苇又密又稠，晨曦的甘露犹未干透。
我所爱的人儿，就在水的那一头。
逆流而上去追寻她，道路险阻迂回曲折。
顺流而下去找寻她，她仿佛在那水中之洲。

简析

一般认为这是一首情歌，表达了爱情追求中可望而不可即的惆怅与伤感。诗歌共三章，均以天刚破晓时芦苇上的露珠起兴，反复吟唱对"伊人"无望但仍孜孜不倦的追求。清晨水边清冷的景色与心中执着而又感伤的情感合二为一，营造出一种缥缈空远的艺术境界,也正因为诗歌并没有确指,所以使其带有一种象征意味,更加启人联想。从这个角度说,它既是爱情的心灵体验,又何尝不是人生路上的探索追寻呢?

黄 鸟

交交黄鸟①,止于棘②。
谁从穆公③?子车奄息④。
维此奄息⑤,百夫之特⑥。
临其穴,惴惴其栗⑦。
彼苍者天⑧,歼我良人。
如可赎兮⑨,人百其身⑩。

交交黄鸟,止于桑。
谁从穆公?子车仲行。
维此仲行,百夫之防⑪。
临其穴,惴惴其栗。
彼苍者天,歼我良人。
如可赎兮,人百其身。

交交黄鸟,止于楚。
谁从穆公?子车针虎。
维此针虎,百夫之御。
临其穴,惴惴其栗。
彼苍者天,歼我良人。
如可赎兮,人百其身。

注释

① 交交:同"咬咬",鸟鸣声。一说来回飞。

② 止：停留，栖息。

③ 从：跟随，这里指陪葬。

④ 子车奄息：姓子车，名奄息。一说奄息、仲行、针虎为子车之子。

⑤ 维此：就是这个。

⑥ 特：特殊，杰出。

⑦ 惴（zhuì）惴：发愁恐惧的样子。栗：发抖。

⑧ 苍：苍天。

⑨ 赎（shú）：用财物将抵押品换回，这里指赎回勇士的生命。

⑩ 百其身：指人们愿一百次赎回他。

⑪ 防：抵挡。

译文

小黄鸟鸣叫着，飞落到酸枣树上。
谁沦为了穆公的陪葬品？子车奄息是他的姓氏和名字。
就是这位奄息郎，其才能德行数百人也比不上他。
人们走到他的墓穴跟前，浑身战栗内心哀伤。
浩浩苍天哪，残害这么好的人实不应当。
如果可以换回他的生命，人们愿赎他一百次。
小黄鸟鸣叫着，飞落到桑树上。
谁沦为了穆公的陪葬品？子车仲行是他的姓氏和名字。
就是这位仲行郎，他勇武有力抵挡得了上百人。
人们走到他的墓穴跟前，浑身战栗内心哀伤。
浩浩苍天哪，残害这么好的人实不应当。
如果可以换回他的生命，人们愿赎他一百次。
小黄鸟鸣叫着，飞落到荆树上。
谁沦为了穆公的陪葬品？子车针虎是他的姓氏和名字。
就是这位针虎郎，他勇猛无比能抵御一百个人的力量。
人们走到他的墓穴跟前，浑身战栗内心哀伤。

浩浩苍天呐,残害这么好的人实不应当。
如果可以换回他的生命,人们愿赎他一百次。

简析

这是一首挽诗。诗歌共三章,均以黄鸟的悲鸣起兴,分别再现了子车氏三位大夫被活埋的惨剧,激发人们对三位"良人"不幸遭遇的深切同情。每章结尾则以质问苍天不公,表示愿以身相代作结,抒写了秦人对秦穆公以人殉葬行为的痛恨和控诉。这种呼声是非常可贵的,体现了民众的觉醒意识,具有重要的认识价值。

晨风

鴥彼晨风①,郁彼北林②。
未见君子,忧心钦钦③。
如何如何,忘我实多!

山有苞栎④,隰有六驳⑤。
未见君子,忧心靡乐。
如何如何,忘我实多!

山有苞棣⑥,隰有树檖⑦。
未见君子,忧心如醉。
如何如何,忘我实多!

注释

① 鴥(yù):鸟雀疾飞的样子。晨风:即鹯(zhān)鸟,属于鹞鹰一类的猛禽。
② 郁:郁郁葱葱,形容枝叶茂密。
③ 钦钦:忧思难忘的样子。
④ 苞:丛生。栎(lì):树名。

⑤ 驳（bó）：木名。
⑥ 棣：唐棣，也叫郁李。
⑦ 树：形容檖树直立之态。檖（suì）：山梨。

译文

鹯鸟展翅疾飞，飞入那北边郁郁葱葱的茂林。
许久未见夫君，忧心忡忡心绪难平。
怎么办啊怎么办？你恐怕早就忘了我吧！
山坡上栎树丛生，洼地里长满了许多驳树。
许久未见夫君，忧心忡忡鲜少快乐。
怎么办啊怎么办？你恐怕早就忘了我吧！
山坡长满了唐棣，洼地挺立着檖树。
许久未见夫君，心头烦闷就像喝醉酒一样。
怎么办啊怎么办？你恐怕早就忘了我吧！

简析

关于此诗主旨，《毛诗序》认为是"刺康公也"，朱熹《诗集传》则说是妇女担心外出丈夫将其遗忘和抛弃。从诗意来看，后者为宜。第一章以晨风归林起兴，引出思妇对丈夫久不归家的担忧。第二、三两章则采用民歌常用的"山有……，隰有……"句式，进一步表达"忧心靡乐""忧心如醉"的思念之情。结尾"忘我实多"四字，既明白又含蓄：我不忘君但君忘我，我不忘与君相处之种种美好，但君多半已全然忘记。既写出了一个痴情的女子，又写出了一个无情无义的负心汉！

无 衣

岂曰无衣①？与子同袍②。
王于兴师③，修我戈矛④，与子同仇⑤。

岂曰无衣？与子同泽⑥。
王于兴师，修我矛戟⑦，与子偕作⑧。

岂曰无衣？与子同裳⑨。
王于兴师，修我甲兵⑩，与子偕行⑪。

注释

① 岂曰无衣：谁说没有战衣。
② 子：指战友。袍：战衣。
③ 王：指国家。于，语助词。兴师：起兵作战。
④ 戈矛：古代两种长柄的兵器。
⑤ 同仇：同仇敌忾。
⑥ 泽：内衣。
⑦ 戟：一种长柄兵器。
⑧ 偕作：一起行动。
⑨ 裳：下衣。
⑩ 甲兵：盔甲和兵器。
⑪ 偕行：亦指一起行动。

译文

谁说我们没有战衣？我们穿着共同的战衣。
国家要起兵作战，快快修好戈矛，我们同仇敌忾共同抗敌。
谁说我们没有衣裳？我们穿着共同的汗衫。
国家要起兵作战，快快修好矛戟，我们一起并肩作战。
谁说我们没有衣裳？我们穿着共同的战裙。
国家要起兵作战，快快修好盔甲和兵器，我们一起上阵杀敌。

简析

这是一首战歌。诗歌描写了君王发出动员令，士兵积极响应，整顿军备，奔赴沙场的场景，洋溢着一种慷慨激昂的乐观主义精神。诗歌在艺术上善于营造具体情境，使人有一种如临其境之感。诗歌一开始就是地动山摇的呐喊声——秦军统帅大声发问:"岂曰无衣?"底下众将士齐声大喊"与子同袍",读之令人血脉偾张。接下来就是战争由动员到准备再到出发的全景式展现,秦军军容之威武、士兵情绪之高昂,如在目前。秦地崇尚武力,故歌谣多慷慨之气,这首《无衣》可谓其中的代表。

渭 阳

我送舅氏,曰至渭阳①。
何以赠之?路车乘黄②。

我送舅氏,悠悠我思。
何以赠之?琼瑰玉佩③。

注释

① 曰:发语词。阳:水的北面。
② 路车:辂车。古代天子或诸侯贵族所乘的车。
③ 琼瑰:指玉一类美石。

译文

我送别舅舅,送到渭水的北面。
送他什么礼物呢?一辆路车四匹黄马。
我送别舅舅,思绪悠悠想到娘亲。
送他什么礼物呢?美玉饰品挂在他的身上。

简析

这是一首送别诗。关于诗歌的写作背景,《毛诗序》认为是秦康公送舅父重耳归国即位一事。从这一背景出发,诗歌首章写外甥临别赠舅父"路车乘黄"也就有了祝福之意,末章也就自然由重耳回国联想到自己母亲一心挂念的就是舅舅能顺利返晋,进而引起对母亲的"悠悠"之思。古人有比德于玉的传统,而赠玉的行为也就与首章的赠车形成了联系，表达了希望舅父能迅速回到晋国，希望舅舅能谨记秦国恩情，秦晋两国永远交好的愿望。

权 舆

於我乎①，夏屋渠渠②，今也每食无余。
於嗟乎，不承权舆③！

於我乎，每食四簋④，今也每食不饱。
於嗟乎，不承权舆！

注释

① 於（wū）：感叹词。
② 夏：大。夏屋：指大房子。渠渠：深而大。
③ 承：继承。权舆：起初，最初。
④ 簋（guǐ）：古时一种盛食物的器皿。

译文

唉，我呀！从前居住在高楼大厦里，而今每顿饭都把碗舔得干干净净。
唉呀呀！终究不能重现当初的光景！
唉，我呀！从前每顿饭都是四盘佳肴，而今每顿饭都食不果腹。
唉呀呀！终究不能重现当初的光景！

简析

对于这首诗，《毛诗序》认为是讽刺秦康公待贤者有始无终之作。诗歌主要采取今昔对比的手法嗟叹今不如昔。两章结构相似又有变化，首章慨叹"食无余"，而次章则变为"食不饱"，写出了每况愈下的生活窘境。诗歌并没有什么复杂的内容和情感，但在重章叠咏中又自然透露出许多辛酸无奈，因此这首诗也可理解为落魄贵族的悲叹之语。

陈 风

宛 丘

子之汤兮①,宛丘之上兮②。
洵有情兮③,而无望兮④。

坎其击鼓⑤,宛丘之下。
无冬无夏⑥,值其鹭羽⑦。

坎其击缶⑧,宛丘之道。
无冬无夏,值其鹭翿。

注释

① 汤(dàng):同"荡",放荡。

② 宛丘:四周高中间平的土山。

③ 洵:实在是。有情:尽情地欢乐。

④ 望:德望。

⑤ 坎:击鼓声。

⑥ 无:不管。

⑦ 值:持。鹭羽:用白鹭羽毛做成的舞蹈道具。

⑧ 缶(fǒu):瓦盆,敲击可发声。

译文

你的舞姿回旋荡漾,舞动在宛丘之上。

我实实在在想和你一起尽情欢乐，只可惜没有德望。
击鼓之声坎坎作响，舞动在宛丘平地上。
不管寒冬，还是炎夏，你都手持洁白的鹭羽。
击缶之声当当作响，舞动在宛丘大道上。
不管寒冬，还是炎夏，你都手持鹭羽伞盖。

> 简析

这是一首描写歌舞场景的诗，也是一首表达爱慕之情的情歌。陈地巫风很盛，常有祭祀歌舞活动。这首诗一开始就以"汤"字形象刻画出一位舞姿狂野奔放的巫女，第二、三两章则铺叙了巫女跳舞场景和时间的变化，进一步表现出巫女热爱舞蹈、活泼开朗的性格特征。而这一切的印象均来自一位默默关注的仰慕者。他的目光紧紧跟随着她，从山上到山下，从冬天到夏天，明知"洵有情兮，而无望兮"，却仍然痴心不悔。

衡 门

衡门之下①，可以栖迟②。
泌之洋洋③，可以乐饥④。

岂其食鱼，必河之鲂⑤？
岂其取妻⑥，必齐之姜⑦？

岂其食鱼，必河之鲤？
岂其取妻，必宋之子⑧？

> 注释

① 衡门：横木做成的门，指简陋的居所。
② 栖迟：居住休歇。
③ 泌：泉水名。洋洋：水流不息。
④ 乐：疗救。

⑤ 鲂（fáng）：一种鱼名。
⑥ 取：同"娶"。
⑦ 齐之姜：齐国姓姜的女子，为贵族。
⑧ 宋之子：宋国姓子的女子，为贵族。

译文

简陋的居所下面，也可居住栖身。
泌水清清流淌不息，这样的清水既可止渴也可充饥。
难道我们想吃鱼时，定要吃那黄河鲂鱼？
难道我们要娶妻时，非要娶那齐国的姜姑娘？
难道我们要吃鱼时，定要吃那黄河鲤鱼？
难道我们要娶妻时，非要娶那宋国的子姑娘？

简析

朱熹《诗集传》说这是一首表现隐士自乐而无求的诗歌。第一章写隐士居陋室而不忧，第二、三章则自述不追求甘美，乐于清贫的志向。闻一多则认为这是一首表达男欢女爱的情诗。第一章写男女衡门幽会，第二、三章写男子向女子表达非她不娶的誓言。两种理解均有道理。

东门之杨

东门之杨，其叶牂牂①。
昏以为期②，明星煌煌③。

东门之杨，其叶肺肺④。
昏以为期，明星晢晢⑤。

注释

① 牂（zāng）牂：茂盛貌。
② 昏：指黄昏。期：约定。

③ 明星:启明星。煌煌:明亮。
④ 肺(pèi)肺:同"旆旆"。
⑤ 晢(zhé)晢:同"煌煌"。

译文

东门外面有棵白杨,它的叶子繁茂如织绿意盎然。
约好黄昏相见,等到夜空中万点繁星竞相闪耀。
东门外面有棵白杨,它的叶子层层叠叠生机勃勃。
约好黄昏相见,等到夜幕低垂群星璀璨。

简析

　　这是一首表达等待之苦的情诗。诗歌共两章,每章语意基本相同。一对青年男女约好黄昏时在东门相会。一方已经到了,可另一方却迟迟未至。星星逐渐布满了夜空。我们不知主人公的等待结果如何,但在"明星煌煌"的夜色下,一种忐忑、焦灼、无奈的情绪正在逐渐蔓延。王国维云:"一切景语,皆情语也。"(《人间词话删稿》)信然!

墓 门

墓门有棘①,斧以斯之②。
夫也不良,国人知之。
知而不已,谁昔然矣③。

墓门有梅④,有鸮萃止⑤。
夫也不良,歌以讯之⑥。
讯予不顾,颠倒思予⑦。

注释

① 墓:墓道的门。棘:枣树。
② 斯:劈,用斧头劈开。

③ 谁昔：往昔，从前。然：这样。

④ 梅：梅树，一说梅即"棘"。"梅"古文作"槑"，与棘形近。

⑤ 鸮（xiāo）：古指猫头鹰。萃：聚集。止：语助词。

⑥ 讯：劝诫。

⑦ 颠倒：跌倒。

译文

墓道门前有棵酸枣树，拿起斧头去劈它。
那人不是善良之辈，全国人民都了解他。
他知错也不改正，从前就是这副德行。
墓道门前有棵梅树，猫头鹰在此聚集。
那人不是善良之辈，唱歌劝他要醒悟。
劝勉告诫他不听，迟早要栽大跟头。

简析

这是一首讽刺诗，讽刺的对象难以确指。诗歌首章以墓门前的酸枣树起兴，直斥"不良"之人怙恶不悛，不知悔改。次章以恶鸟栖集起兴，对"不良"之人发出警告：再不听从劝诫必将大难临头。全诗情感直率，态度鲜明，表达出老百姓对那些作恶者的痛恨，具有很强的感染力。

防有鹊巢

防有鹊巢①，邛有旨苕②。
谁侜予美③？心焉忉忉④。

中唐有甓⑤，邛有旨鷊⑥。
谁侜予美？心焉惕惕⑦。

注释

① 防：堤岸或堤坝。

② 邛（qióng）：土丘。旨：美，好。苕（tiáo）：苕草，长于低湿处。

③ 侜（zhōu）：欺诳。予美：我所爱的人。

④ 忉（dāo）忉，忧愁的样子。

⑤ 中唐：庙和朝堂门内的大路。甓（pì）：砖瓦。

⑥ 鹝（yì）：绶草。

⑦ 惕惕：心中忧虑的样子。

译文

哪见过堤坝上筑鹊巢，哪见过土丘长出好水草。

谁在诓骗我的心上人？我的心里充满忧愁和苦恼。

哪见过庙和朝堂门内的大路上铺着砖瓦，哪见过山上能长出好的绶草。

谁在诓骗我的心上人？我心里既害怕又忧愁。

简析

这是一首情诗。诗歌首先以"防有鹊巢"等不可能发生的现象来喻指他人的言语实为谎言，紧接着以"谁侜予美"直抒心中的愤怒、焦灼之情，是因为有竞争者的加入还是有居心叵测者的挑拨尚不可知，但"予美"二字所传达出的爱情信念坚定有力，容不得心上人受半点侵扰的心理尤为真实。正所谓爱之深，忧之也多！

月 出

月出皎兮①，佼人僚兮②。

舒窈纠兮③，劳心悄兮④。

月出皓兮⑤，佼人懰兮⑥。

舒慢受兮⁷，劳心慅兮⁸。

月出照兮，佼人燎兮⁹。
舒夭绍兮⁰，劳心惨兮⑪。

注释

① 皎：明亮。

② 佼（jiǎo）人：美人。僚：美好的样子。

③ 舒：从容。窈纠（jiǎo）：女子行步舒缓之态。

④ 劳：忧。悄：忧愁的样子。

⑤ 皓：洁白。

⑥ 懰（liǔ）：姣好的样子。

⑦ 慢受：舒迟的样子。

⑧ 慅（cǎo）：忧愁的样子。

⑨ 燎：美好。

⑩ 夭绍：女子体态柔美之态。

⑪ 惨：忧愁烦躁。

译文

一轮皎洁明亮的弯月悬挂在天际，美人花容月貌惹人怜爱。缓步慢走从容优雅，一想到她我就焦急烦乱心绪难安。
一轮洁白明亮的弯月悬挂在天际，美人面容姣好惹人怜爱。步履舒缓从容闲适，一想到她我就忧愁苦闷烦恼不已。
一轮皎洁明亮的弯月悬照四方，美人姿容秀丽惹人怜爱。体态柔美身姿轻盈，一想到她我就忧愁烦躁情难自已。

简析

这是一首情诗。诗人以月起兴，引出对佳人美好容颜、窈窕身姿的无限遐想，陷入了不可自拔的相思之中。在艺术上以月喻人，景与情谐，营造了一种清冷而又迷离的意境，再加上每句均以"兮"字结尾，更将怀人之情表达得迂徐婉转，一唱三叹。

泽 陂

彼泽之陂①,有蒲与荷。
有美一人,伤如之何②。
寤寐无为③,涕泗滂沱④。

彼泽之陂,有蒲与蕳⑤。
有美一人,硕大且卷⑥。
寤寐无为,中心悁悁⑦。

彼泽之陂,有蒲菡萏⑧。
有美一人,硕大且俨⑨。
寤寐无为,辗转伏枕。

注释

① 陂(bēi):水边的坡地。
② 伤:因思念而忧伤。一说女子自称,我。
③ 寤寐:醒着和睡着。
④ 涕:眼泪。泗:鼻涕。滂沱:形容泪涕俱下,哭得厉害。
⑤ 蕳(jiān):兰草。
⑥ 硕大:高大。卷(quán):美好貌。
⑦ 中心:心中。悁悁:心中忧愁的样子。
⑧ 菡萏:荷花。
⑨ 俨:庄重,端庄。

译文

池塘边上有一块高高的坡地,池塘里长着蒲草与荷花。
那边有个美人儿,我除了对她思念忧伤又能怎么样呢!
白天黑夜什么都不想干,思念成疾涕泪横流。

池塘边上有一块高高的坡地,池塘里长着蒲草与兰草。
那边有个美人儿,身材修长容貌姣好。
白天黑夜什么都不想干,内心郁闷忧愁很是难熬。
池塘边上有一块高高的坡地,池塘里长着荷花与蒲草。
那边有个美人儿,身材修长仪态端庄。
白天黑夜什么都不想干,伏枕辗转难以成眠。

[简析]

　　这是一首情诗。诗歌以池塘中的蒲、荷起兴,反复吟唱意中人俊俏的容貌、健美的身姿和端庄娴雅的品格,表达了对"有美一人"的倾慕之情。也许这份相思并没有得到回应,但也正因为如此,相思之不安、之伤心、之辗转难眠也就显得特别真实。

桧 风

羔 裘

羔裘逍遥①，狐裘以朝②。
岂不尔思③？劳心忉忉。

羔裘翱翔，狐裘在堂。
岂不尔思？我心忧伤。

羔裘如膏④，日出有曜⑤。
岂不尔思？中心是悼⑥。

注释

① 逍遥：游逛。
② 朝：帝王上朝。
③ 尔：你，指桧国国君。
④ 膏：油脂。
⑤ 曜：发光。
⑥ 悼：哀伤。

译文

你穿着羔皮袍游逛，穿着狐皮氅上朝。
这样怎能不让我担忧？我忧心忡忡焦虑不安。

你穿着羔皮袍四处游荡,穿着狐皮氅站在朝堂。

这样怎能不让我担忧?我心忧伤思绪难平。

羔皮大衣洁白如膏,日光下显得更加耀眼。

这样怎能不让我担忧?我的内心一片哀伤。

简析

这是一首政治抒情诗。《毛诗序》认为此诗是"大夫以道去其君也"之作。桧国国小,国君却耽于享乐不思进取,大臣为之忧心忡忡。心忧国事而又无能为力,想要离开君王却又割舍不下。诗歌共三章,反复吟唱了这种复杂情感,传递出了强烈的忧患之思。

素 冠

庶见素冠兮①,棘人栾栾兮②,劳心慱慱兮③。

庶见素衣兮,我心伤悲兮,聊与子同归兮。

庶见素韠兮④,我心蕴结兮⑤,聊与子如一兮。

注释

① 庶:有幸。

② 棘:瘦。栾栾:瘦弱貌。

③ 慱(tuán)慱:忧苦不安的样子。

④ 韠(bì):朝服的蔽膝。

⑤ 蕴结:心中有郁结,无从排解。

译文

有幸看到你戴着白帽的形象,见你骨瘦如柴弱不禁风,我的心愁苦不安。

有幸看到你身着白衣的模样,我的心底涌起一股巨大的悲伤,我愿与你一路同行相携归去。

有幸看到你系着白色蔽膝,我的心中有了郁结难以排解,愿与你同生共死如同一人。

> 简析

关于这首诗的主题有丧葬、悼亡、贤臣遭斥等不同说法,而理解的关键就在"素冠"与"棘人"二词上。周室规定丧服为白色,而棘人又有居丧者之意,故此诗更多的是表达对居丧者的同情与劝解。从诗意来看,作者与居丧者可能是一对恋人。第一章写对身着素衣的居丧者憔悴不堪的怜惜之意,第二、三章则以"与子同归""与子如一"进一步表示对居丧者悲伤之情感同身受,愿意与其一起分担。三章情感层层递进,而形式上的重章叠句和每句结尾的"兮"字又使得情感的表达回环往复,意味深长。

隰有苌楚

隰有苌楚①,猗傩其枝②。
夭之沃沃③,乐子之无知④。

隰有苌楚,猗傩其华。
夭之沃沃,乐子之无家。

隰有苌楚,猗傩其实。
夭之沃沃,乐子之无室。

> 注释

① 苌楚:猕猴桃。
② 猗傩(ē nuó):枝条柔美之态。
③ 夭:肥嫩的样子。沃沃:有光泽。
④ 乐:羡慕。子:文中指代猕猴桃。无知:指没有知觉。

译文

低洼地上长着猕猴桃,枝条茂盛而柔美。
鲜嫩润泽长势很好,羡慕你没有知觉不烦恼。
低洼地上长着猕猴桃,花儿娇艳树枝婀娜。
鲜嫩润泽长势好,羡慕你无牵无挂无家小。
低洼地上长着猕猴桃,果实累累随着树枝飘摇。
鲜嫩润泽长势好,羡慕你无家无室无烦恼。

简析

这首诗的意思并不复杂,诗人羡慕苌楚的无忧无虑,无婚配的烦恼、无家室的拖累,反复吟唱了人不如草木的情感。为什么会有这种情绪?也许是伤国事之危,无法保全自身;也许是苦徭役之重,人不堪其苦,看法见仁见智。但不管是什么原因,在重章叠咏中,主人公心中忧思之深,现实处境之艰难还是比较容易感受到的。

匪风

匪风发兮①,匪车偈兮②。
顾瞻周道③,中心怛兮④。

匪风飘兮,匪车嘌兮⑤。
顾瞻周道,中心吊兮⑥。

谁能亨鱼⑦?溉之釜鬵⑧。
谁将西归?怀之好音。

注释

① 匪:同"彼"。发:犹"发发",刮风的声音。
② 偈(jié):疾驰的样子。

③ 周道：指大道。
④ 怛（dá）：痛苦，悲伤。
⑤ 嘌（piāo）：疾速貌。
⑥ 吊：悲伤。
⑦ 亨：同"烹"。
⑧ 溉：洗。一说给予。釜：古时做饭用的锅。鬵（xín）：指釜一类的大锅。

【译文】

风儿刮得呼呼响，车子在马路上疾驰而过。
回头眺望归家之路，痛苦和悲伤席卷心头。
大风呼啸旗带飘荡，车子飞奔哐哐作响。
回头眺望归家之路，心中袭来一阵悲伤。
谁会烹鱼烧饭？我来刷锅洗碗。
谁将西归回乡？托他送个平安信。

【简析】

这是一首游子思乡诗。诗歌共三章，基本都是先写景再抒情的结构。第一、二章写诗人坐在车上，感受着车的疾驰和耳边疾风猎猎，眼看着身后大路不断远去，心中充满悲伤之情。第三章转写思乡之情无法排遣，想要借助还乡之人传递平安的消息，但这一希望在"谁能""谁将"的疑问中逐渐显得渺茫，唯有将之托于"匪风"了！

曹 风

蜉 蝣

蜉蝣之羽①，衣裳楚楚②。
心之忧矣，於我归处③？

蜉蝣之翼，采采衣服④。
心之忧矣，於我归息？

蜉蝣掘阅⑤，麻衣如雪。
心之忧矣，於我归说⑥？

注释

①蜉蝣（fú yóu）：一种寿命很短的昆虫。

②楚楚：整洁鲜明的样子。

③於：通"乌"，哪里。归处：归依之处。

④采采：华丽鲜明的样子。

⑤掘阅：挖地而出。阅：通"穴"。

⑥说（shuì）：通"税"，止息，歇息。

译文

蜉蝣的双翼又薄又亮，像衣裳那样鲜明漂亮。
我的内心一片忧伤，我的归依之处又在何方？

蜉蝣的双翼又薄又亮,像衣服那样华丽鲜明。
我的内心一片忧伤,我的归息之处又在何方?
蜉蝣挖地而出,麻衣洁白如冬雪。
我的内心一片忧伤,我的歇脚之地又在何方?

[简析]

这首诗的主旨是感慨人生短暂。诗歌共三章,均以蜉蝣起兴,兴中有比。诗人反复咏叹蜉蝣美丽的翅膀,借以表达出浓重的对死亡的忧思。人的一生恰如这蜉蝣,美丽而又短暂,转瞬即逝。诗歌的情感谈不上积极,却是人人皆会有的,乃自然之情。

候 人

彼候人兮[①],何戈与祋[②]。
彼其之子[③],三百赤芾[④]。

维鹈在梁[⑤],不濡其翼。
彼其之子,不称其服[⑥]。

维鹈在梁,不濡其咮[⑦]。
彼其之子,不遂其媾[⑧]。

荟兮蔚兮[⑨],南山朝隮[⑩]。
婉兮娈兮,季女斯饥[⑪]。

[注释]

① 候人:整治道理、迎送宾客的小官。
② 何:同"荷",扛。祋(duì):古时一种兵器。
③ 彼其之子:那些人。
④ 赤芾(fú):大夫以上所穿的官服。

⑤ 鹈（tí）：鹈鹕。梁：鱼梁。
⑥ 称：相配。
⑦ 咮（zhòu）：鸟嘴。
⑧ 遂：如愿。媾：宠爱。
⑨ 荟、蔚：云雾弥漫。一说草木茂盛。
⑩ 朝隮（jī）：早晨的云或云霞。
⑪ 季女：年轻女子或少女。

译文

那些位卑职低的小官啊，身上扛着重重的长戈和役棍。

那些朝中新贵，他们身着显赫华丽的朝服，足足有三百来人。

鹈鹕守在鱼梁上，水未曾打湿它们的翅膀。

那些朝中新贵，身穿和他们自身极不相配的华贵朝服。

鹈鹕守在鱼梁上，水未曾打湿它们的嘴巴。

那些朝中新贵，要想获得长久的恩宠恐怕很难如愿。

你看那边云遮雾罩一片昏暗，南山早晨的云雾可真多啊。

那些娇小可爱的少女，没有饭吃忍饥挨饿。

简析

这是一首讽刺诗。诗歌一开始就是鲜明的对比，一边是扛着兵器在路上执勤的小官，一边是身穿赤带的显贵。作者没有明言写作意图，但褒贬之意已清晰可见。因此第二、三章转用比、兴手法，以鹈鹕捕鱼站在高高的堤坝上，翅膀、嘴巴都不会弄湿，比喻显贵们才位不配，无德而尊。第四章再以景物起兴，最后以一个少女的忍饥挨饿收结全诗，与那些不劳而获的"鹈鹕"们再次形成鲜明对比，有力地批判了小人当道的社会现实。

鸤 鸠

鸤鸠在桑①,其子七兮。
淑人君子②,其仪一兮③。
其仪一兮,心如结兮④。

鸤鸠在桑,其子在梅。
淑人君子,其带伊丝⑤。
其带伊丝,其弁伊骐⑥。

鸤鸠在桑,其子在棘。
淑人君子,其仪不忒⑦。
其仪不忒,正是四国⑧。

鸤鸠在桑,其子在榛⑨。
淑人君子,正是国人,
正是国人,胡不万年?

注释

① 鸤鸠:布谷鸟。
② 淑人:善人。
③ 仪:外表,举动。
④ 心如结:比喻用心专一。
⑤ 其带伊丝:以丝绸等编织而成的束带系在腰间。带:缠在腰间的带子。伊:语助词。
⑥ 弁(biàn):皮帽。骐(qí):骐文的,即棋盘格子纹的。
⑦ 忒(tè):差错。
⑧ 正:榜样,法则。四国:泛指各国。

⑨ 榛（zhēn）：落叶灌木。

译文

布谷鸟在桑树上筑起巢穴，养育了许多鸟宝宝。
贤明善良的君子，仪容始终美好。
仪容始终美好，用心专一有节操。
布谷鸟在桑树上筑起巢穴，小鸟在梅枝嬉闹打闹。
贤明善良的君子，腰间系着束带。
腰间系着束带，头上的皮帽点缀着小饰品。
布谷鸟在桑树上筑起巢穴，小鸟在酸枣树上欢快鸣叫。
贤明善良的君子，仪态始终没有差错。
仪态始终没有差错，是各国人民学习的榜样。
布谷鸟在桑树上筑起巢穴，小鸟落在榛树间嬉闹。
贤明善良的君子，百姓以他为榜样。
百姓以他为榜样，怎能不祝他万寿无疆？

简析

这是一首赞美诗。诗歌共四章，均以鸤鸠起兴，兴中有比。第一章赞美君子的仪表堂堂，威严庄重；第二章赞君子衣着得体，雍容华贵；第三、四两章转为赞美君子的内在品质，称其品行端正可以成为国人乃至他国的榜样，祝愿其享寿万年。艺术上赋、比、兴兼用，以比、兴为主，又多有变化，如首章以布谷鸟对待孩子公平无私比喻君子用心专一，后三章则以小布谷鸟之活泼好动反衬君子言行如一，均很好地达到了赞颂的目的。

下　泉

冽彼下泉①，浸彼苞稂②。
忾我寤叹③，念彼周京④。

洌彼下泉，浸彼苞萧⑤。
忾我寤叹，念彼京周。

洌彼下泉，浸彼苞蓍⑥。
忾我寤叹，念彼京师。

芃芃黍苗⑦，阴雨膏之⑧。
四国有王⑨，郇伯劳之⑩。

注释

① 洌：寒冷。下泉：地底涌出的泉水。
② 苞：丛生。稂（láng）：狗尾巴草。一说长穗而不饱实的禾。
③ 忾（kài）：叹息。
④ 周京：镐京，周朝的都城，下文"京周""京师"同义。
⑤ 萧：艾蒿。
⑥ 蓍（shī）：蓍草。
⑦ 芃（péng）芃：茂盛苗壮的样子。
⑧ 膏：滋润，润泽。
⑨ 四国有王：四方诸侯国有周天子。
⑩ 郇（xún）伯：郇侯。劳：慰劳。

译文

寒洌的泉水从地底往外冒，浸泡了丛生的狗尾草。
醒来不由得扼腕叹息，怀念那繁盛的周朝都城。
寒洌的泉水从地底往外冒，浸泡了丛生的艾蒿。
醒来不由得扼腕叹息，怀念那繁盛的周朝都城。
寒洌的泉水从地底往外冒，浸泡了丛生的蓍草。
醒来不由得扼腕叹息，怀念那繁盛的周朝都城。
黍苗长得茂盛苗壮，是因为雨水绵绵把它滋润。
四方诸侯国有周天子，郇侯奉命来慰劳。

简析

关于诗歌主旨有"思明王贤伯""伤周衰""美晋大夫荀跞"等说法。从诗歌结构来看，前三章以冷泉浸没野草起兴，兴中有比，暗喻当时的时局衰乱，引发诗人对周王朝强盛时的怀念，抚今追昔，伤感不已。末章则转入对周王朝强盛时期的描写，诗人以黍苗茁壮乃是有雨水滋润比喻周朝强盛是因为天子圣明、群臣用心。诗歌至此戛然而止，但其主旨已明，正在于曹国内乱，国人思明王贤伯也。

豳 风

七 月

七月流火①，九月授衣②。
一之日觱发③，二之日栗烈④。
无衣无褐⑤，何以卒岁⑥？
三之日于耜⑦，四之日举趾⑧。
同我妇子，馌彼南亩⑨，田畯至喜⑩。

七月流火，九月授衣。
春日载阳⑪，有鸣仓庚⑫。
女执懿筐⑬，遵彼微行⑭，爰求柔桑⑮。
春日迟迟，采蘩祁祁⑯。
女心伤悲，殆及公子同归。

七月流火，八月萑苇⑰。
蚕月条桑⑱，取彼斧斨⑲。
以伐远扬⑳，猗彼女桑㉑。
七月鸣鵙㉒，八月载绩㉓。
载玄载黄，我朱孔阳㉔，为公子裳。

四月秀葽㉕，五月鸣蜩㉖。
八月其获㉗，十月陨萚㉘。
一之日于貉，取彼狐狸，为公子裘。
二之日其同㉙，载缵武功㉚。
言私其豵㉛，献豣于公㉜。

五月斯螽动股㉝，六月莎鸡振羽㉞。
七月在野，八月在宇，九月在户，十月蟋蟀入我床下。
穹窒熏鼠㉟，塞向墐户㊱，嗟我妇子，曰为改岁㊲，入此室处。

六月食郁及薁㊳，七月亨葵及菽㊴。
八月剥枣㊵，十月获稻。
为此春酒，以介眉寿㊶。
七月食瓜，八月断壶㊷。
九月叔苴㊸，采荼薪樗㊹，食我农夫。

九月筑场圃，十月纳禾稼。
黍稷重穋㊺，禾麻菽麦。
嗟我农夫，我稼既同，上入执宫功㊻。
昼尔于茅㊼，宵尔索绹㊽。
亟其乘屋㊾，其始播百谷。

二之日凿冰冲冲㊿，三之日纳于凌阴㉑。
四之日其蚤㉒，献羔祭韭。
九月肃霜㉓，十月涤场㉔。
朋酒斯飨㉕，曰杀羔羊。
跻彼公堂㉖，称彼兕觥㉗，万寿无疆。

注释

①七月流火：每年夏历七月开始，"火星"从正南方逐渐偏西向下，故称之为"流火"。流：落下。

②授衣：让妇女缝制冬衣。一说官府发放寒衣。

③一之日：夏历十一月，周历正月。以下类推。觱（bì）发：风吹物发出声音。

④栗烈：形容严寒。

⑤褐（hè）：粗布衣服。

⑥卒岁：终岁，指渡过年关。

⑦于耜（sì）：修理农具。

⑧举趾：下地耕种。

⑨馌（yè）：到田里去送饭。南亩：南边的田地。

⑩田畯（jùn）：田官。喜：高兴。

⑪载阳：天气开始和暖。

⑫仓庚：黄鹂。

⑬懿筐：大而深的竹筐。

⑭遵：沿着。微行：小路。

⑮爰：语助词。

⑯蘩：白蒿。祁祁：很多的样子。

⑰萑（huán）苇：两种芦类植物。

⑱蚕月：养蚕的季节，即夏历三月。条：修剪。

⑲斧斨（qiāng）：装柄处为圆孔的叫斧，方孔的叫斨。

⑳远扬：又长又高的桑树枝条。

㉑猗（yī）：牵引，拉。女桑：嫩桑。

㉒䴗（jú）：伯劳鸟。

㉓绩：织麻布。

㉔朱：深红色。孔阳：色彩极艳。

㉕秀：草木结籽。葽（yāo）：草名，俗称远志。

㉖ 蜩（tiáo）：蝉。

㉗ 获：收割庄稼。

㉘ 陨：落下。萚（tuò）：草木脱落的皮、叶。

㉙ 同：会合，指打猎前的集合。

㉚ 缵（zuǎn）：继续。武功：指打猎。

㉛ 豵（zōng）：一岁的野猪，泛指小兽。

㉜ 豜（jiān）：三岁的野猪，泛指大的野兽。

㉝ 斯螽（zhōng）：蚱蜢。动股：蚱蜢以两股相切发声。这里指鸣叫。

㉞ 莎鸡：昆虫名，俗称纺织娘。振羽：振动翅膀发出声音。

㉟ 穹：穷尽。窒（zhì）：堵塞。穹窒：指把屋内的空隙完全堵塞。

㊱ 向：朝北的窗户。墐（jìn）：用泥涂塞。

㊲ 曰：语助词。改岁：辞旧迎新。

㊳ 郁：植物名，果实像李子。薁（yù）：植物名，果实大如桂圆。一说野葡萄。

㊴ 亨：烹煮。葵：蔬菜名。菽（shū）：豆类的总称。这里指豆叶。

㊵ 剥（pū）：通"扑"，打。

㊶ 介：祈求，求取。眉寿：长寿。

㊷ 壶：同"瓠"，葫芦。

㊸ 叔：拾起。苴（jū）：秋麻籽，可食。

㊹ 荼（tú）：苦菜。薪樗（chū）：砍伐樗树为薪。

㊺ 重（tóng）：即"穜"，晚熟的作物。穋（lù）：早熟的作物。

㊻ 上：同"尚"。宫功：修建宫室。

㊼ 于茅：割取茅草。

㊽ 索绹（táo）：搓绳子。

㊾ 亟：急忙。乘屋：盖屋，修理房屋。

㊿ 冲冲：用力凿冰的声音。
㉛ 凌阴：古代指冰窖。
㉜ 蚤：通"早"。
㉝ 肃霜：降霜。
㉞ 涤场：打扫场地。
㉟ 朋酒：两壶酒。斯：语助词。飨（xiǎng）：宴享。
㊱ 跻（jī）：登上。公堂：村民聚集之所。
㊲ 称：举起。兕觥（sì gōng）：形状如牛角的酒器。

译文

七月火星逐渐偏西向下，九月妇女开始缝制冬衣。
到了十一月北风呼呼作响，十二月风刀霜剑寒气刺骨。
没有粗布衣服，如何平安渡过年关？
正月修理农具，二月下地耕种。
同老婆孩子相伴而行，把饭送到了南边的田地，田官过来笑意盈盈。
七月火星逐渐偏西向下，九月妇女开始缝制冬衣。
春天太阳暖洋洋的天气逐渐回暖，黄莺儿飞到枝头莺莺歌唱。
姑娘提着又大又深的竹筐，沿着小路行走，她们此行专门采摘那些柔嫩的桑叶。
春日白天变长，时间显得很慢，人们出门采摘了很多白蒿。
采蒿的姑娘心内悲伤，害怕要随贵人远嫁他乡。
七月火星逐渐偏西向下，八月打获割苇忙碌异常。
养蚕季节要修剪桑树枝，这就需要取来那斧斨帮忙。
长条高枝被砍完剪光，人们拉着短枝采摘嫩桑。
七月伯劳飞到树枝高声鸣唱，八月人们搓麻成线纺织布料。
染丝有黑又有黄，我的红色更鲜亮，献给贵人做衣裳。
四月远志结了籽，五月蝉鸣阵阵响。

八月忙着收割庄稼,十月草木的皮叶纷纷陨落。

十一月上山猎貉,还要剥那狐狸皮,好给公子做皮衣。

十二月猎人会合,继续打猎奔忙。

打来小的野兽自己吃,大的野兽送到官府上。

五月蚱蜢弹腿发出声响,六月纺织娘振翅把歌唱。

蟋蟀七月野外鸣叫,八月在屋檐底下吟唱,九月进到屋里面,十月钻到我的床下。

熏出老鼠堵塞鼠洞,用泥涂塞朝北的窗户保温,感叹我的妻儿真可怜,眼看新年就要到了,我们只能住这间房。

六月吃郁和薁的果实,七月烹煮葵菜和豆叶。

八月树下把枣打,十月场上把稻收。

酿出醇香的美酒,祈祷大家能够长寿久安。

七月吃甜甜的瓜果,八月把葫芦从秧苗上摘下来。

九月拾起秋麻籽,采摘苦菜砍伐樗树,可叹农夫靠这过日子。

九月修筑好谷场,十月把粮食搬进谷仓。

黍稷早稻和晚稻,粟麻豆麦全入仓。

可叹我等农夫命苦,地里农活刚刚完,又要为朝廷修建宫室。

白天野外割取茅草,夜里点灯搓绳到天晓。

赶忙把屋子修整好,开春还得播种百谷。

腊月凿冰冲冲作响,正月把冰块送入冰窖。

二月初举行祭祖礼,献上韭菜和羔羊。

九月霜降天气清冷,十月清扫打谷场。

烧上两壶酒宴请宾客,杀些大羊和小羊以供大家品尝。

登上台阶进入公堂,举起牛角杯儿共同庆祝,齐声同祝"万寿无疆"。

简析

这是一首农事诗,也是一首叙事抒情并重的现实主义诗歌。全诗八章,前七章从凛冬将至,老百姓无衣御寒开始写起,依次展现了春耕、蚕桑、制衣、捕猎、修房、秋收等辛勤的劳作过程，末章则以年终农闲时节村人聚会宴饮收结。诗歌以赋的手法细致展现了农民一年到头的劳动生活，涉及日常生活的方方面面，既表现了农民生活的艰辛与欢乐，也表达了对统治阶级不劳而获、盘剥人民的愤怒。艺术上以赋体为主，在表现人民生活时常以对比手法揭露人民艰难生活的根源。语言质朴，词汇丰富，极富表现力。

鸱鸮

鸱鸮鸱鸮①，既取我子，无毁我室。
恩斯勤斯②，鬻子之闵斯③。

迨天之未阴雨，彻彼桑土④，绸缪牖户⑤。
今女下民⑥，或敢侮予。

予手拮据⑦，予所捋荼⑧，予所蓄租⑨，
予口卒瘏⑩，曰予未有室家。

予羽谯谯⑪，予尾翛翛⑫。
予室翘翘⑬，风雨所漂摇，予维音哓哓⑭。

注释

① 鸱鸮（chī xiāo）：猫头鹰一类的鸟。
② 恩：同"殷"，尽心。斯：语助词。
③ 鬻（yù）：同"育"，养育。闵：忧虑。一说累病。
④ 彻：通"撤"，撤去。一说寻取。桑土：指桑树根。
⑤ 绸缪（móu）：紧密缠缚。
⑥ 女：同"汝"。下民：下面的人。

⑦ 拮据：鸟衔草筑巢，鸟足劳累。
⑧ 捋（luō）：用手握住条状物顺着勒取。荼（tú）：苦菜。
⑨ 蓄：收藏。租：通"苴"，指茅草。
⑩ 卒瘏（cuì tú）：因劳累而生病。卒，通"悴"。
⑪ 谯（qiáo）谯：羽毛干枯稀疏。
⑫ 翛（xiāo）翛：羽毛枯焦无光泽。
⑬ 翘翘：高而危险的样子。
⑭ 哓（xiāo）哓：吵嚷，叫声。

译文

猫头鹰啊猫头鹰，你已夺走我的孩子，不要再来毁我巢穴。
尽心竭力辛苦抚育，为了儿女我忧心忡忡。
趁着天晴没下雨，赶快寻找些桑树根，修缮好门窗。
如今你们这些人，谁敢把我来欺扰。
我衔草筑巢手累得早已拘挛，采来野草把窝垫上，我还把茅草贮存起来。
我的嘴巴已经累得满是伤痕，我的窝儿还是没有筑好。
我的羽毛干枯稀疏，我的尾巴枯焦没有光泽。
我的巢儿又险而高，风雨之中摇摇晃晃，吓得我只能大声尖叫。

简析

此诗可分成三个部分。第一章为第一部分，描写母鸟遭遇鸱鸮洗劫巢穴后的悲鸣呼号。第二章为第二部分，写母鸟趁着天晴，急急忙忙修补鸟巢。第三、四章为第三部分，母鸟修补完巢穴，已是筋骨俱疲，满身伤痛。然而更可怕的风雨到来了，空中只传来阵阵惊恐的"哓哓"之声。鸱鸮的欺凌弱小，风雨的无情摧残，母鸟的不幸遭遇与坚强求生的顽强，都使这首诗歌具有了寓言诗的特质，它所反映的又何尝不是当时处在底层的劳动人民的真实生活！这种借鸟写人的手法对后世寓言作品产生了深远影响。

破 斧

既破我斧,又缺我斨。
周公东征,四国是皇①。
哀我人斯②,亦孔之将③。

既破我斧,又缺我锜④。
周公东征,四国是吪⑤。
哀我人斯,亦孔之嘉。

既破我斧,又缺我銶⑥。
周公东征,四国是遒⑦。
哀我人斯,亦孔之休⑧。

注释

① 四国是皇:商、管、蔡、霍四国得到安定。皇:匡正。
② 哀:哀怜,爱护。
③ 将:大,好。
④ 锜(qí):一种凿木工具。一说兵器名。
⑤ 吪(é):感化,教化。
⑥ 銶(qiú):斧属。一说凿子之类。
⑦ 遒(qiú):安定,坚固。
⑧ 休:完美。

译文

战斧已经破损,大斨也有了缺痕。
周公这次东征讨伐,四国得到安宁。
周公哀怜我们这些平民百姓,他的恩德大如天。
战斧已经破损,战锜也有了缺痕。

周公这次东征讨伐,四国已经被感化。
周公哀怜我们这些平民百姓,他的恩德如此深厚。
战斧已经破损,战锹也有了残痕。
周公这次东征讨伐,让四国获得安定。
周公哀怜我们这些平民百姓,这真是莫大的恩典。

简析

这是一首赞美诗,表达了对周公的赞美之情。诗歌每章六句,每两句组成一个部分。"斧、斨、锜、銶"均是劳动工具,它们受到破坏也就意味着人民生活陷入困苦之中。故诗歌每章前两句写人民之困;第三、四句写周公平定四国之功,"皇、吪、道"三字形象反映出四国人民生活的变化;第五、六两句则直抒对周公的赞美之情,刻画出周公伟大、完美的形象。

伐 柯

伐柯如何①?匪斧不克②。
取妻如何?匪媒不得。

伐柯伐柯,其则不远③。
我觏之子④,笾豆有践⑤。

注释

① 柯:斧子的柄。
② 匪:同"非"。克:能。
③ 则:法则,准则。
④ 觏(gòu):遇见。
⑤ 笾(biān):竹制的盛果物的器具。豆:形状像高脚盆的盛物器皿。践:排列整齐的样子。

【译文】

要做斧柄怎么办?没有斧头可不行。
要娶妻子怎么办?没有媒人可不行。
做斧柄呀做斧柄,这个规则近在眼前。
我遇到的那个好姑娘,能很好地操持家中祭祀宴享等事宜。

【简析】

　　诗歌共两章,首章以伐柯起兴,兴中有比。诗人将夫妻关系比喻为斧与斧柄的关系,提出男女结婚需要有媒人的撮合,征得双方父母的同意。末章仍以伐柯作喻,斧子需要找到合适的斧柄,就像娶妻也需要考虑新娘是否适合,对此诗人提出了"笾豆有践"的标准,即能够有条不紊地处理好家中祭祀宴享事宜。可见,在当时的思想观念中,媒妁与女子善于持家已经成了择偶的基本准则,同时也反映了当时的聘娶婚制度。

雅

小 雅

鹿 鸣

呦呦鹿鸣①,食野之苹②。
我有嘉宾,鼓瑟吹笙。
吹笙鼓簧③,承筐是将④。
人之好我⑤,示我周行⑥。

呦呦鹿鸣,食野之蒿。
我有嘉宾,德音孔昭⑦。
视民不恌⑧,君子是则是效⑨。
我有旨酒⑩,嘉宾式燕以敖⑪。

呦呦鹿鸣,食野之芩⑫。
我有嘉宾,鼓瑟鼓琴。
鼓瑟鼓琴,和乐且湛⑬。
我有旨酒,以燕乐嘉宾之心。

注释

① 呦(yōu)呦:鹿的和鸣声。
② 苹:草名,艾蒿。
③ 簧:乐器中用以发声的薄片,此处指乐器。

④承：双手捧着。将：送，献上。
⑤好：关爱。
⑥周行：大路，大道。一说大道理。
⑦德音：指美德。孔：很，十分。昭：鲜明。
⑧视：同"示"，昭示。佻（tiāo）：同"佻"，轻浮。
⑨则：榜样，作动词。效：模仿。
⑩旨酒：美酒。
⑪式：语助词。燕：同"宴"。敖：同"遨"。
⑫芩（qín）：草名，一种蒿类植物。
⑬湛（dān）：快乐。

译文

鹿儿呦呦鸣叫，在野外啃食艾蒿。
我有尊贵的宾客，为他鼓瑟吹笙。
除了乐器愉悦宾客，双手还奉上满筐的礼物。
各位宾客对我关怀备至，为我讲明大道指点迷津。
鹿儿呦呦鸣叫，在野外啃食蒿草。
我有满堂的贵宾，他们品德高尚谈吐高雅。
他们为人宽厚举止不轻浮，是君子学习的好楷模。
我有香醇的美酒，宴请嘉宾嬉娱逍遥。
鹿儿呦呦鸣叫，在野外啃食野芩。
我有满堂嘉宾，为他们鼓瑟弹琴。
琴瑟合奏音乐动听，宴会氛围祥和欢乐。
我用美酒款待众人，嘉宾心中喜不自胜。

简析

　　这是一首宴会诗。按当时礼仪，宴会开始时乐工演奏三首乐曲，然后主人献礼、致辞。诗歌首章基本是按这个过程展开。呦呦鹿鸣昭示着宴会的开始，然后是鼓瑟吹笙的欢乐场面，结之以"人之好我，示我周行"表达对来宾的欢迎和谦逊客气的态度。

第二、三两章则以重章叠句的形式反复渲染宴饮的欢乐场面。朱熹《诗集传》云此诗原为君王宴请群臣时所唱,则诗中主人的献礼与致辞又有利用非正式场合与群臣沟通交流,希望臣子能安心工作的意味。

采薇

采薇采薇①,薇亦作止②。
曰归曰归,岁亦莫止③。
靡室靡家,狁之故④。
不遑启居⑤,狁之故。

采薇采薇,薇亦柔止⑥。
曰归曰归,心亦忧止。
忧心烈烈,载饥载渴。
我戍未定,靡使归聘⑦。

采薇采薇,薇亦刚止⑧。
曰归曰归,岁亦阳止⑨。
王事靡盬⑩,不遑启处。
忧心孔疚,我行不来。

彼尔维何⑪?维常之华⑫。
彼路斯何⑬?君子之车。
戎车既驾,四牡业业⑭。
岂敢定居,一月三捷⑮。

驾彼四牡,四牡骙骙⑯。

君子所依,小人所腓[17]。
四牡翼翼[18],象弭鱼服[19]。
岂不日戒,猃狁孔棘[20]。

昔我往矣,杨柳依依[21]。
今我来思,雨雪霏霏[22]。
行道迟迟,载渴载饥。
我心伤悲,莫知我哀!

注释

[1] 薇:野豌豆。

[2] 亦:语助词。作:野豌豆苗刚冒出地面。止:语助词。

[3] 莫:同"暮",傍晚。

[4] 猃狁(xiǎn yǔn):古代少数民族,即戎狄。

[5] 遑:空闲。启居:休息。

[6] 柔:嫩,野豌豆苗长出了嫩叶。

[7] 聘:问候,探问。

[8] 刚:坚硬。

[9] 阳:农历十月。

[10] 盬(gǔ):止息。

[11] 尔:通"薾",花茂盛鲜艳。

[12] 常:植物名,棠棣。

[13] 路:通"辂",大车。

[14] 业业:高大雄壮的样子。

[15] 捷:交战,作战。

[16] 骙(kuí)骙:马强壮的样子。

[17] 小人:士兵。腓(féi):隐蔽,掩护。

[18] 翼翼:整齐有序的样子。

[19] 象弭(mǐ):以象牙装饰弓端的弭。弭:弓的一种。鱼服:

鱼皮箭袋。

⑳ 棘:危急。

㉑ 依依:形容树枝柔弱,随风摇摆。

㉒ 霏霏:(雨、雪)纷飞。

译文

采薇菜呀采薇菜,豆苗刚刚冒出了头。
说归家呀道归家,一年又快结束啦。
没有妻子没有成家,只因和猃狁把仗打。
没有空闲的时间去休息,只因要和猃狁去厮杀。
采薇菜呀采薇菜,采那薇菜新长出的嫩叶。
说归家呀道归家,忧思烦乱不能自已。
忧心忡忡似火焚烧,又饥又渴难以忍受。
驻地经常调动没法安定,没法托人捎回书信。
采薇菜呀采薇菜,薇菜枝芽已经变硬了。
说归家呀道归家,转眼已过大半年。
朝廷命令没完没了,想要休息难上加难。
我满怀忧愁十分痛苦,回家的事又泡汤了!
那茂盛鲜艳的是什么花?那是美丽的棠棣花。
那辆战车是何人所有?是将军在使用它。
战车驾起准备出发,拉车的四匹马高大雄壮。
出征怎敢贪图安定?一月之内多次上阵杀敌。
驾车的是四匹大马,马儿强壮又高大。
将军威武倚车立,兵士掩护也靠它。
四匹壮马整齐向前行进,象骨装饰的弓和鱼皮箭囊挂在士兵身上。
无时无刻不处于戒备状态,军情紧急共抗猃狁。
昔日从军上战场,杨柳依依随风吹。
今日战罢踏上归途,大雪纷纷满天飞。

道路泥泞行走缓慢，又渴又饥实在煎熬。
我的内心伤感悲痛，但没有人能体会我的哀痛。

简析

　　这是一首战士返乡诗。全诗六章可分三个部分。前三章为第一部分。诗人以采薇起兴，以野豌豆苗从出生到成长的过程来比戍边时间的漫长，表达战士不能回乡的痛苦之情。这份痛苦与战士戍边抵御猃狁侵略的神圣使命发生冲突，构成了第一部分"我心孔疚"的抒情主题。四五章为第二部分。战士追忆在边疆的紧张战斗生活："一月三捷""岂不日戒"。这两章写军容威武，士气高昂，一改前面的悲苦，转而表现战士们的报国情怀，也从另一方面进一步解释了不能回家的缘由。末章从回忆回转到归途。战争结束了，战士们终于可以归乡，但不是带着荣耀和喜悦回乡，而是充满着"载饥载渴""我心伤悲"的疲惫与困苦，令人恍悟原来诗旨不单单是表达思乡与报国之情，更多在于反映战争给老百姓带来的巨大痛苦，是当时人民反战情绪的强烈表达。这首诗末章前四句描写征人归途中的心情体验历来为人称颂，其写景抒情之妙恰如王夫之《姜斋诗话》卷一所云："'昔我往矣，杨柳依依；今我来思，雨雪霏霏。'以乐景写哀，以哀景写乐，一倍增其哀乐。"

鸿　雁

鸿雁于飞[①]，肃肃其羽[②]。
之子于征[③]，劬劳于野[④]。
爰及矜人[⑤]，哀此鳏寡[⑥]。

鸿雁于飞，集于中泽。
之子于垣[⑦]，百堵皆作[⑧]。

虽则劬劳,其究安宅⑨。

鸿雁于飞,哀鸣嗷嗷⑩。
维此哲人⑪,谓我劬劳。
维彼愚人,谓我宣骄⑫。

注释

① 于:语助词。
② 肃肃:扇动翅膀的声音。
③ 之子:那个人,指服劳役的人。征:远行。
④ 劬(qú)劳:勤劳辛苦。
⑤ 爰:语助词。矜人:可哀怜之人,这里指穷苦的人。
⑥ 鳏(guān):老而无妻的男人。寡:老而无夫的女人。
⑦ 于垣:筑墙。
⑧ 堵:古代用板筑法筑墙,五板为一堵。作:筑起。
⑨ 究:终。宅:居住。
⑩ 嗷嗷:哀鸣声。
⑪ 哲人:通情达理之人。
⑫ 宣骄:骄奢。

译文

成群的大雁向远方飞去,振动着双翅沙沙作响。
那个远行服役的人啊,还在外辛苦奔忙。
念及世间可怜人,鳏寡更使人哀伤。
成群的大雁向远方飞去,它们栖息在泽中央。
那个服役的人受命筑墙,许多房屋同时兴建。
虽然又苦又累,终究穷人也有了安身之处。
成群的大雁向远方飞去,发出阵阵哀鸣之声。
唯有那些明事理的人,说我辛苦劳累。
而那些愚昧之人,说我骄横奢侈。

简析

关于诗歌主旨,有赞美周美宣王(《毛诗序》)、流民自叙悲苦(朱熹《诗集传》)、救济流民的使者有感而作(方玉润《诗经原始》)等说。从诗歌反复陈说的"劬劳"之意来看,应当是一首表达行役之苦的诗。作者可能是行役之人,也可能是王朝使者。诗歌在艺术上以比兴和重章叠句为主。每章均以鸿雁起兴,兴中又有比,以鸿雁南北迁徙的特性形象地描写出行役之人辗转奔走、居无定所的处境,同时鸿雁的悲鸣声又容易唤起对行役者勤劳辛苦的巨大同情。重章叠句的使用更将这种哀伤与愤慨之情,表达得悠长婉转,凄楚动人。

庭 燎

夜如何其①?夜未央②,庭燎之光③。
君子至止,鸾声将将④。

夜如何其?夜未艾⑤,庭燎晢晢⑥。
君子至止,鸾声哕哕⑦。

夜如何其?夜乡晨⑧,庭燎有辉⑨。
君子至止,言观其旂⑩。

注释

① 其(jī):语尾助词。
② 央:尽,完了。
③ 庭燎:宫廷中照明的火炬。
④ 鸾:也作"銮",古代帝王的车驾上有銮铃,故亦作帝王车驾的代称。将(qiāng)将:象声词,铃声。
⑤ 艾:尽。

⑥晢（zhé）晢：明亮的样子。
⑦哕（huì）哕：象声词，指铃声。
⑧乡（xiàng）：同"向"。
⑨辉：光辉。
⑩言：乃。旂（qí）：上面画有交龙、竿顶有铃的旗子。

【译文】

现在夜色如何？为时尚早天未亮，宫廷中火炬发出熠熠光芒。
君王快要来了，听到车驾上的銮铃将将作响。
现在夜色如何？时辰尚早长夜未尽，宫廷中的火炬明亮闪烁。
君王快要来了，听到车驾上的銮铃哕哕作响。
现在夜色如何？天色将露晨光，宫廷中的火炬仍然明亮。
君王快要来了，看见旌旗在上空飘荡。

【简析】

关于这首诗的作者有周宣王所作与臣下美宣王等不同说法。从诗意来看，诗歌主要描写了周宣王不待晓而急于视朝的行为，赞美宣王勤于政事，因此很大可能是臣下美宣王之作。诗歌在艺术上以心理描写和细节描写见长。三章均以宣王的询问发端，通过"夜未央""夜未艾""夜乡晨"的时间推移，把宣王因急于视朝而频繁问时的心理非常形象地表现出来，而宫中照明火炬的光暗变化，群臣入觐的车铃声等细节描写又仿佛让我们看到了天色渐开，臣子有序觐见，汇报工作的场景，有如临其境之感。

沔水

沔彼流水①，朝宗于海②。
鴥彼飞隼③，载飞载止④。
嗟我兄弟，邦人诸友⑤。
莫肯念乱⑥，谁无父母？

沔彼流水，其流汤汤⑦。
鴥彼飞隼，载飞载扬⑧。
念彼不迹⑨，载起载行⑩。
心之忧矣，不可弭忘⑪。

鴥彼飞隼，率彼中陵⑫。
民之讹言⑬，宁莫之惩⑭？
我友敬矣⑮，谗言其兴⑯。

注释

① 沔（miǎn）：水流充满河道。
② 朝宗：比喻小水注入大水。
③ 鴥（yù）：（鸟）疾飞的样子。隼（sǔn）：一种猛禽。
④ 载：句首语助词。止：停息，停留。
⑤ 邦人：国人。诸友：同僚好友。
⑥ 念："尼"的假借字，阻止。乱：动乱。
⑦ 汤（shāng）汤：水流湍急的样子。一说广大浩茫的样子。
⑧ 扬：高飞。
⑨ 不迹：不遵循法度。
⑩ 载起载行：又是起来又是行走，形容坐立不安。
⑪ 弭（mǐ）忘：忘却。
⑫ 率：沿。中陵：丘陵中。
⑬ 讹言：谣言。
⑭ 宁莫之惩：为什么不去制止。宁：胡，为什么。惩：制止。
⑮ 敬：同"警"，警戒。一说慎重。
⑯ 兴：流行，盛行。

译文

看那河流水势盛大不可阻挡，奔腾不息流入大海。

空中鹰隼迅猛疾飞,它一边飞一边停下休息。
可叹我的兄弟,可叹国人和好友。
没人肯把祸乱防范,谁人没有爹和娘?
看那河流水势盛大不可阻挡,水流湍急浩浩荡荡。
空中鹰隼迅猛疾飞,它一会儿平飞一会儿高翔。
想到那些破坏法纪的人,坐立不安心内彷徨。
那些忧虑和困扰,始终萦绕心头。
空中鹰隼迅猛疾飞,沿着山陵展翅翱翔。
大家不停传播谣言,为什么不去制止?
朋友啊你要警惕,谗言兴起能害死人。

简析

这是一首忧时悯乱之诗。首章以流水汇入大海、飞隼自由止息起兴,兼比自己身处乱世不得自由的处境,表达了对家人的担忧之情。次章继以流水奔腾、飞隼高飞起兴,表达因当权者胡作非为而忧心忡忡、坐立不安。末章再以飞隼在丘陵疾飞比喻谣言四起,无人制止,告诫友人要警惕。三章所写,忧家人、忧国事、忧朋友,层层复叠出了诗人深切沉痛的忧患之思!

鹤 鸣

鹤鸣于九皋①,声闻于野。
鱼潜在渊②,或在于渚③。
乐彼之园,爰有树檀④,其下维萚⑤。
它山之石,可以为错⑥。

鹤鸣于九皋,声闻于天。
鱼在于渚,或潜在渊。
乐彼之园,爰有树檀,其下维榖⑦。

它山之石,可以攻玉⑧。

注释

① 九皋:形容沼泽之深广。皋:沼泽地。九:虚数。
② 渊:深水。
③ 渚:水中小洲。
④ 爰(yuán):于是。檀(tán):檀木。
⑤ 萚(tuò):草名。一说草木脱落的皮、叶。
⑥ 错:一种可以打磨玉器的器物。
⑦ 榖(gǔ):植物名,楮树。
⑧ 攻玉:将玉石琢磨成器。

译文

幽幽沼泽仙鹤长鸣,声音响亮响彻四郊。
鱼儿潜伏在深水里,有时游到小洲浅水边。
在那园中真快乐啊,檀树枝繁叶茂甚是高大,下面的落叶堆得满地都是。
它山的玉石,可以用来雕琢美玉。
幽幽沼泽仙鹤长鸣,声音响亮响彻天际。
鱼儿游在小洲旁,有时潜入深水里。
那园中真快乐啊,檀树枝繁叶茂甚是高大,下面的楮树又矮又小。
它山的玉石,可以用来雕琢美玉。

简析

关于这首诗的主旨历来有求贤、写景、劝善等多种说法,一般认为是一首求贤诗。诗歌的最大特点是通篇采用比喻,首先将园林比喻为国家,然后通过描写园林中的景象来表达主旨。诗歌两章结构、语意相近。前四句用鹤与鱼作喻,以鹤鸣九皋比喻隐居的贤人,以鱼在渊在渚比喻贤人或隐或仕,要善于去发现。接下来三句用园中有高大珍贵的檀木,也有普通材质的楮树和矮小灌木来比喻人才有术业专攻，要善于使用人才。最后两句用他山之石可以琢磨玉器比喻要运用合适的手段来培养人才。因此可将此诗理解为教导君王如何求贤的诗作。

青 蝇

营营青蝇[①]，止于樊[②]。
岂弟君子[③]，无信谗言。

营营青蝇，止于棘。
谗人罔极[④]，交乱四国[⑤]。

营营青蝇，止于榛。
谗人罔极，构我二人[⑥]。

注释

①营营：苍蝇飞舞声。
②樊：篱笆。
③岂弟：同"恺悌"，和乐平易。
④罔极：没有原则。
⑤交乱：交相为乱。四国：指天下。
⑥构：离间。

译文

青头苍蝇飞舞着嗡嗡作响，它停留在篱笆上。
和乐平易的君子，切莫听信谗言。
青头苍蝇飞舞着嗡嗡作响，它停留在酸枣树上。
谗人说话毫无原则，言谈间惑乱四方。
青头苍蝇飞舞着嗡嗡作响，它停留在榛树上。
谗人造谣不止，离间咱们俩。

> [简析]
>
> 这是一首谴责谗人的政治抒情诗。诗歌三章，结构基本相似，均以青蝇起兴，引出对谗人的强烈痛恨与批判之情。诗歌在艺术上最主要的特色是设喻形象，本体与喻体之间结合无间，相辅相成。苍蝇嗡嗡作响、传播细菌的习性，和谗人四处挑拨离间、一心害人的特点极为吻合，因此诗歌在首章即规劝君子不要去轻信谗言，然后指出谗人的危害大到祸国殃民、小到使朋友反目，其根源就是因为"谗人罔极"，做事没有准则。这种以物喻人的写法极大增强了诗歌的批判力量。

蓼莪

蓼蓼者莪①，匪莪伊蒿②。
哀哀父母，生我劬劳③。

蓼蓼者莪，匪莪伊蔚④。
哀哀父母，生我劳瘁。

瓶之罄矣⑤，维罍之耻⑥。
鲜民之生⑦，不如死之久矣。
无父何怙⑧？无母何恃？
出则衔恤⑨，入则靡至。

父兮生我，母兮鞠我⑩。
拊我畜我⑪，长我育我，
顾我复我⑫，出入腹我⑬。
欲报之德，昊天罔极⑭！

南山烈烈⑮，飘风发发⑯。
民莫不穀⑰，我独何害⑱！

南山律律⑲，飘风弗弗⑳。
民莫不穀，我独不卒㉑！

注释

① 蓼（lù）蓼：又长又大的样子。莪（é）：草名，俗谓抱娘蒿。
② 匪莪伊蒿：不是莪蒿而是一般的野蒿。
③ 劬（qú）劳：劳累，劳苦。下章"劳瘁"义同。
④ 蔚（wèi）：草名，牡蒿。
⑤ 瓶：汲水的器具。罄（qìng）：尽。
⑥ 罍（léi）：盛水器具。
⑦ 鲜（xiǎn）：孤单。民：人。
⑧ 怙（hù）：依靠。
⑨ 衔恤：含忧。
⑩ 鞠：养。
⑪ 拊：同"抚"。畜：同"慉"，喜爱之意。
⑫ 顾：顾念。复：覆盖，引申为庇护。
⑬ 腹：怀抱。
⑭ 昊（hào）天：广大的天。罔：无。极：准则。
⑮ 烈烈：同"颲颲"，山风刮得很大。
⑯ 飘风：同"飙风"，大风。发发：读如"拨拨"，风声。
⑰ 穀：善，好。
⑱ 害：受害。
⑲ 律律：同"烈烈"。
⑳ 弗弗：同"发发"。
㉑ 卒：终老。

> **译文**

看那莪草长得又高又大，却非莪蒿而是野蒿。
我那可怜的父亲母亲，生我养我辛苦不已。
看那莪草长得又高又大，却非莪蒿而是牡蒿。
我那可怜的父亲母亲，生我养我辛苦劳累。
汲水瓶儿抽空了底，装水坛子羞耻不已。
孤苦无依的人生，不如早死早解脱。
没有父亲我依靠谁？没有母亲我仰赖谁？
出的门去忧愁苦闷眉头紧锁，进的家来也没有归属感。
父亲生了我，母亲哺育了我。
抚育我啊疼爱我，养我长大又培育了我。
照顾我啊庇护我，出出入入抱着我。
我想报答父母如山似海的恩情，奈何老天突降祸端难以预测。
南山险峻难以逾越，狂风嘶吼着呼啸而过。
大家都无灾无难，唯独我遭此劫难。
南山高峻难以攀登，狂风肆虐呼呼作响。
人人都能赡养自己的父母，独我等不到父母终老。

> **简析**

这是一首悼念父母的哀歌。全诗六章，每两章为一个层次。第一层以莪蒿起兴，眼前所见莪蒿之抱团丛生与野蒿之单生触发了诗人对父母的思念，感念父母养育孩子的辛劳，为接下来写父母亡去后内心的痛苦做铺垫。第二层先以瓶不能从罍中取水比喻孩子不能给父母尽孝，再铺叙父母死去后的孤苦凄凉、痛不欲生的心情。诗人接连用了九个"我"字，字字含泪，将痛苦之情推向高潮。最后一层再以南山飙风起兴，同时象征内心之孤独凄凉，境与情谐。尤其是四组入声字的使用，更将那种哽咽悲苦之情传达得顿挫决绝而又回环往复。

隰桑

隰桑有阿①，其叶有难②。
既见君子，其乐如何！

隰桑有阿，其叶有沃③。
既见君子，云何不乐！

隰桑有阿，其叶有幽④。
既见君子，德音孔胶⑤。

心乎爱矣，遐不谓矣⑥？
中心藏之⑦，何日忘之！

注释

①有阿：柔美的样子。有：形容词词头。阿：通"婀"。
②有难（nuó）：枝叶茂盛的样子。难，通"娜"。
③有沃：茂盛肥润的样子。
④有幽：青黑浓密的样子。
⑤德音：好声音，这里指情话。孔胶：很缠绵。
⑥遐不：何不，为什么不。
⑦中心：心中。

译文

看那洼地桑树摇曳多姿，它的叶子繁茂且润泽。
如果见到我的丈夫回来，心中的快乐都不知如何描述。
看那洼地桑树摇曳多姿，它的叶子茂盛且肥润。
如果能见到我的丈夫回来，心里怎能不快活！
看那洼地桑树摇曳多姿，叶子青黑且浓密。

如果能见到我的丈夫回来,定然会情话绵绵互诉衷肠。
心中洋溢着浓浓的爱意,为什么又不敢表露出来呢?
只能把它偷偷藏于心中,未曾有一刻忘记过!

简析

  此诗旧说一般认为是"喜见君子"(朱熹《诗集传》)之诗,今人则多视为爱情诗。诗歌前三章均以桑林起兴。桑林在古代一向是男女幽会之所,故女子见桑林之浓密,抑制不住对意中人的爱恋之情,忍不住展开了对两人在桑林会面的甜蜜想象。诗歌以重章叠句的形式将火热的情感不断推向高潮。然而,想象毕竟只是想象,当女子清醒过来以后,火热的情感悄悄退回了内心深处。诗歌末章细致地刻画了女子内心复杂的心理活动。女性的羞涩让她不敢开口表白,而只能将这份爱潜藏于心底,可是那日日滋生的思念却怎么也挥之不去,"中心藏之,何日忘之"道尽了爱情的甜蜜与痛苦。

大 雅

大 明

明明在下①，赫赫在上②。
天难忱斯③，不易维王④。
天位殷适⑤，使不挟四方⑥。

挚仲氏任⑦，自彼殷商⑧，来嫁于周，曰嫔于京⑨。
乃及王季⑩，维德之行⑪。
大任有身⑫，生此文王⑬。

维此文王，小心翼翼⑭。
昭事上帝⑮，聿怀多福⑯。
厥德不回⑰，以受方国⑱。

天监在下⑲，有命既集。
文王初载⑳，天作之合㉑。
在洽之阳㉒，在渭之涘㉓。
文王嘉止㉔，大邦有子㉕。

大邦有子，伣天之妹㉖。

文定厥祥㉗,亲迎于渭。
造舟为梁㉘,不显其光㉙。

有命自天,命此文王,于周于京。
缵女维莘㉚,长子维行㉛,笃生武王㉜。
保右命尔㉝,燮伐大商㉞。

殷商之旅,其会如林㉟。
矢于牧野㊱:维予侯兴㊲。
上帝临女㊳,无贰尔心㊴。

牧野洋洋㊵,檀车煌煌㊶,驷䮽彭彭㊷。
维师尚父㊸,时维鹰扬㊹。
凉彼武王㊺,肆伐大商㊻,会朝清明㊼。

注释

① 明明在下:皇天光辉普照人间。明明,光采夺目。在下,人间。

② 赫赫:明亮显著。在上:指天上。

③ 忱:信任。斯:句末助词。此句意指天命无常。

④ 维:为。

⑤ 位:同"立"。适(dí):借作"嫡",嫡子。殷嫡,指殷纣王。

⑥ 挟:控制,占有。四方:天下。

⑦ 挚:古时诸侯国名,任姓。挚仲:指太任,王季之妻,文王之母。

⑧ 自:来自。

⑨ 嫔(pín):做媳妇。京:周京。

⑩ 乃:就。及:与,和。

⑪ 维德之行：推行德政。
⑫ 大：同"太"。有身：有身孕。
⑬ 文王：姬昌。
⑭ 翼翼：恭敬谨慎的样子。
⑮ 昭：借作"劭"，勤勉。事：服事，侍奉。
⑯ 聿：犹"乃"，就。怀：徕，招来。
⑰ 厥：犹"其"，他、他的。回：邪僻。
⑱ 受：承受，享有。方：大。此句意为文王做了周国国主。
⑲ 监：明察。在下：人间，这里有明察文王功业之意。
⑳ 初载：初始，年青时期。
㉑ 作：成。合：婚配。
㉒ 洽（hé）：水名。阳：河的北面。通常以山南水北为阳。
㉓ 渭：水名，黄河最大的支流。涘（sì）：水边。
㉔ 嘉止：嘉礼，此处指婚礼。
㉕ 大邦：指殷商。子：未嫁的女子。
㉖ 俔（qiàn）：如，好比。天之妹：天上的美女。
㉗ 文：占卜的文辞。祥：吉祥。
㉘ 梁：桥。此句指连船为浮桥。
㉙ 不：同"丕"，大。光：荣光，荣耀。
㉚ 缵（zuǎn）：续。莘（shēn）：古国名，姒姓。
㉛ 长子：指伯邑考。行：死亡。
㉜ 笃：发语词。
㉝ 保右：即"保佑"。命：命令。尔：指武王姬发。
㉞ 燮（xí）：读为"袭"，袭击讨伐。
㉟ 其会如林：极言殷商军队人马之多。会（kuài）：借作"旝"，军旗。
㊱ 矢：同"誓"，誓师。牧野：地名。
㊲ 予：我或我们。侯：乃，才。兴：兴盛，胜利。

㊳临:监临。女:同"汝",指周武王率领的将士。

㊴无:同"勿"。

㊵洋洋:宽广的样子。

㊶檀(tán)车:用檀木制造的兵车。煌煌:鲜明的样子。

㊷驷䮧(sì yuán):四匹赤毛白腹的驾辕骏马。彭彭:强壮有力的样子。

㊸师:古官名,又称太师。尚父:指姜太公。

㊹时:是。鹰扬:如雄鹰飞扬。

㊺凉:辅佐。

㊻肆伐:袭击讨伐。

㊼会朝:黎明。清明:指天下清平。

译文

皇天光辉普照人间,光采卓著显现于天。

天命善变不定,当上君王实属不易。

天意本想将王位传给殷纣王,最终却让他大失四方。

挚仲氏的太任,来自那殷商的国度,如今嫁到我周国来,京都成婚做了新娘。

她与王季结成良缘,推行德政美名远扬。

婚后太任怀了身孕,生下了这位周文王。

这位周文王,为人恭敬且谨慎。

他勤勉服侍上帝,为自己带来很多福祉。

他品德高尚行事磊落,四方归附成为周国国主。

上天明察人世间,文王乃天命所归。

文王即位年纪轻轻,上天给他撮合了一段姻缘。

新娘家在洽水的北面,在渭水河岸旁。

文王高兴地筹备婚礼,准备迎娶殷商这位好姑娘。

殷商这位好姑娘,貌似天仙惹人怜爱。

卜辞显示这桩婚姻很吉祥,文王在渭水旁亲迎新娘。

造出来的大船紧紧相连当作桥梁,婚礼隆重盛大一片荣光。

上天的命令从天而降,周文王受此天命,在那周京创立家邦。

文王迎娶的是莘国的姒家姑娘,他们的长子伯邑考早早离世,但幸而天降厚恩生下了武王。

皇天保佑周武王,联合诸侯讨伐殷商。

殷商调来大批兵马,军旗多如密林。

武王在牧野誓师:"惟我周军才能取得胜利。上天监视着你们众将士,必须团结一致休怀二心!"

牧野地势广阔无边无垠,檀木战车光彩又鲜明,四匹赤毛白腹的驾辕骏马强壮有力。

太师姜太公亲临指挥,他身姿挺拔,如同雄鹰飞扬。

他辅佐着武王,袭击讨伐了殷商,一到黎明就天下清平了。

简析

这是一首叙事诗,一般认为是周部族史诗的最后一篇,主要记载了从文王出生到武王灭商的一段历史。全诗八章,可分三部分。第一部分为第一章,总述天意难测,为王不易,并以殷纣为例阐明殷商将亡周室将兴的主旨。第二部分为二至六章,写王季承天命,娶太任,生文王。文王亲迎殷商帝乙之妹于渭水,又娶莘国太姒,生下武王。第三部分为七八章,写武王于牧野誓师,最终在姜尚的辅佐下打败了殷商,统一了天下。诗歌以天命为创作指导思想,通过赞颂三代君王相继乃天命所归来证明周代商兴乃是必然。艺术上以铺叙为主,同时又很注重细节描写和烘托手法的运用,如文王迎亲"造舟为梁"、殷商军队"其会如林"等细节描写,如牧野之战时对环境、周军军威、姜尚英姿的烘托,均很好地表现了颂赞的主题。

生 民

厥初生民①,时维姜嫄②。
生民如何?克禋克祀③,以弗无子④。
履帝武敏歆⑤,攸介攸止⑥。
载震载夙⑦,载生载育,时维后稷。

诞弥厥月⑧,先生如达⑨。
不坼不副⑩,无菑无害⑪,以赫厥灵。
上帝不宁⑫,不康禋祀⑬,居然生子!

诞寘之隘巷⑭,牛羊腓字之⑮。
诞寘之平林⑯,会伐平林⑰。
诞寘之寒冰,鸟覆翼之⑱。
鸟乃去矣,后稷呱矣⑲。
实覃实訏⑳,厥声载路㉑。

诞实匍匐㉒,克岐克嶷㉓,以就口食㉔。
蓺之荏菽㉕,荏菽旆旆㉖。
禾役穟穟㉗,麻麦幪幪㉘,瓜瓞唪唪㉙。

诞后稷之穑㉚,有相之道㉛。
茀厥丰草㉜,种之黄茂㉝。
实方实苞㉞,实种实褎㉟。
实发实秀㊱,实坚实好㊲。
实颖实栗㊳,即有邰家室㊴。

诞降嘉种㊵，维秬维秠㊶，维穈维芑㊷。
恒之秬秠㊸，是获是亩㊹。
恒之穈芑，是任是负㊺，以归肇祀㊻。

诞我祀如何？或舂或揄㊼，或簸或蹂㊽。
释之叟叟㊾，烝之浮浮㊿。
载谋载惟㉛，取萧祭脂㉜。
取羝以軷㉝，载燔载烈㉞，以兴嗣岁㉟。

卬盛于豆㊱，于豆于登㊲，其香始升。
上帝居歆㊳，胡臭亶时㊴。
后稷肇祀，庶无罪悔，以迄于今。

注释

① 厥初：其初，起初。民：周人。

② 时：是。姜嫄（yuán）：传说中有邰氏之女，周始祖后稷之母。

③ 克：能。禋（yīn）：古时祭天的一种礼仪，先烧柴升烟，再将祭祀用的牲体及玉帛放在柴上焚烧。祀：祭祀。

④ 弗："祓"的假借，指除灾求福的祭祀。一说"以弗无"是以避免没有之意。

⑤ 履：践踏。帝：天帝。武：足迹。敏：同"拇"，大拇趾。歆：心有所感的样子。

⑥ 攸：语助词。介：同"祄"，福佑。止：同"祉"，福。

⑦ 载震载夙（sù）：指女人十月怀胎。震：通"娠"，怀孕。夙：当作"孕"。

⑧ 诞：迨，到了。弥：满。

⑨ 先生：头生，指第一胎。如：而。达：滑利。

⑩ 坼（chè）：裂开。副（pì）：破裂。

⑪ 菑（zāi）：同"灾"。

⑫ 不宁:大宁。不:同"丕",大。

⑬ 不康:大康。

⑭ 寘(zhì):弃置。

⑮ 腓(féi):庇护。字:哺育。

⑯ 平林:森林。

⑰ 会:恰好。

⑱ 鸟覆翼之:大鸟张翼覆盖他。

⑲ 呱(gū):指小儿哭声。

⑳ 实:是。覃(tán):长。訏(xū):大。

㉑ 载:充满。

㉒ 匍匐:伏地爬行。

㉓ 克岐克嶷:幼小聪慧。

㉔ 就:趋往。口食:吃食。

㉕ 蓺:种植。荏菽:大豆。

㉖ 旆(pèi)旆:茂盛的样子。

㉗ 役:同"颖",禾苗之末稍。穟(suí)穟:禾穗丰满下垂的样子。

㉘ 幪(méng)幪:茂密的样子。

㉙ 瓞(dié):小瓜。唪(fěng)唪:果实累累的样子。

㉚ 穑:耕种。

㉛ 有相之道:有相地之宜的能力。

㉜ 茀:拂,拔除。

㉝ 黄茂:嘉谷,即黍、稷等。

㉞ 实:是。方:同"放"。指萌芽冒出地面。苞:小苗丛生。

㉟ 种:禾芽始出。褎(yòu):禾苗渐渐长高。

㊱ 发:发茎。秀:秀穗。

㊲ 坚:谷粒灌浆成熟饱满。

㊳ 颖:谷穗。栗:栗栗,形容收获众多的样子。

㊴ 郃（yí）：养。这里指谷物丰茂，足以养家室。

㊵ 降：赐与。

㊶ 秬（jù）：黑黍。秠（pǐ）：黍的一种，一个黍壳中含有两粒黍米。

㊷ 穈（mén）：赤苗，红米。芑（qǐ）：白苗，白米。

㊸ 恒：遍。

㊹ 亩：堆在田里。

㊺ 任：挑起。负：背起。

㊻ 肇：开始。祀：祭祀。

㊼ 揄（yóu）：舀，从臼中取出舂好之米。

㊽ 簸：扬米去糠。蹂：以手搓剩余的谷皮。

㊾ 释：淘米。叟叟：淘米时发出的声响。

㊿ 烝：同“蒸”。浮浮：热气上升的样子。

(51) 谋：谋划。惟：考虑。

(52) 萧：蒿的一种，即香蒿。脂：指牛油。

(53) 羝（dī）：公羊。軷：读为“拔”，剥去羊皮。

(54) 燔（fán）：烤肉使熟。烈：将肉穿起来架在火上烤。

(55) 嗣岁：来年。

(56) 卬：仰，举。豆：古代一种高脚容器。

(57) 登：瓦制容器。

(58) 居歆：安然享用。

(59) 胡臭亶（xiù dǎn）时：为什么香气确实这么好。臭：香气。亶：诚然，确实。时：善，好。

译文

起初生下周人的祖先，名叫姜嫄。

周族祖先是怎么降生的？祈祷上苍祭祀神灵，祈求能够绵延子嗣。

踩着上帝的拇趾印就怀了孕，这都是神灵赐予的福祉。

十月怀胎非常辛苦，一朝生下辛勤养育，这就是后稷周先王。
怀孕足月产期已满，头一胎生得非常顺利。
产门不破也不裂，无灾无害身体健康，真是上天显灵。
上帝心中告安慰，全心全意来祭享，庆幸生的是儿郎。
把他扔在胡同里，牛羊为他哺乳给他庇护。
把他丢在树林里，恰巧有人来砍伐树木。
把他丢在寒冰上，鸟儿展翅护他周全。
鸟儿离开以后，后稷啼哭不已。
哭声又长又洪亮，声音响彻道路两旁。
后稷匍匐爬行，显得聪明又乖巧，拿起食物就往小嘴里塞。
长大一些会种豆子，豆苗长得枝繁叶茂。
种出的谷子穗饱满下垂，麻麦长得郁郁葱葱，木瓜小瓜硕果累累。
后稷会种庄稼，他有相地之宜的能力。
他一把把拔出杂草，把黍、稷等作物种进去。
不久种子破土露出嫩芽，禾苗渐渐长高。
禾茎挺拔麦穗渐满，籽粒饱满沉甸甸的。
穗儿众多产量很高，颐养家室乐陶陶。
上天赐予良种，有的是秬，有的是秠，有的是穈，有的是芑。
秬子秠子遍地都是，收割堆垛忙碌异常。
红米白米遍地都是，挑着背着往谷仓里运，归来开始祭祀神灵。
祭祀场面是什么样的？有的舂米或舀米，有的扬米去糠。
淘米之声嗖嗖作响，蒸饭喷香热气上扬。
谋划考虑祭祀之事，燃脂烧蒿芬香四溢。
杀了公羊剥去羊皮，将肉穿起来架在火上烤熟，以供神灵享用，祈求来年更兴旺。
我把祭品盛到木盘里，木盘瓦镫装得满满当当，香气四溢满屋升腾。
上苍安然享用吧，饭菜味道实在香。

后稷开创祭祀礼，祈求神灵庇护无灾殃，这个好习俗流传至今。

简析

这是周部族史诗之一，与《公刘》《緜》《皇矣》《大明》同是歌颂周人先祖、叙述周部族发展历程的史诗性作品。本篇主要叙述周人始祖后稷的事迹，侧重描写他神奇的出生和在种植业方面的突出才能。全诗可分三部分，前三章写后稷神奇的出生。姜嫄踩了天帝的足迹受孕而生后稷，后稷出生后遭三次抛弃又三次被动物所救。这部分具有浓郁神话色彩的描述正是周人对其先祖无限仰慕的传奇式表达。四至六章为第二部分，主要展现后稷在农业种植方面的天赋。这部分描写非常细致，保存了不少当时农业生产资料。最后两章为第三部分，写后稷祭祀天神祈求赐福。诗歌在艺术结构上颇有特色。全诗八章，一三五七章每章十句，二四六八章每章八句，成错落的阶梯状分布。除最后一章外，每章皆由"诞"字领起，体现了较为严谨的艺术构思。表现手法上主要以赋为主，注重细节描写和场景描写，如第三章"三弃三救"的细节描写和第七章将粮食做成各种祭品的场面描写都很有特点。

颂

周 颂

清 庙

於穆清庙①,肃雍显相②。
济济多士③,秉文之德④。
对越在天⑤,骏奔走在庙⑥。
不显不承⑦,无射于人斯⑧!

注释

①於(wū):赞叹词。穆:庄严、壮美。清庙:清静的宗庙。

②肃雍(yōng):庄重而和顺的样子。显:高贵显赫。相:助祭的公卿诸侯。

③济济:众多的样子。多士:祭祀时负责掌管各种职事的官吏。

④秉:秉承。文之德:周文王的德行。

⑤对越:犹"对扬",报答颂扬。在天:周文王的在天之灵。

⑥骏:敏捷、迅速。

⑦不(pī):借为"丕",大。显:显耀。承(zhēng):借为"烝",美盛。

⑧射(yì):借为"斁",厌弃。斯:语气词。

译文

在庄严而清静的宗庙,站着高贵雍容的助祭。

众多祭祀的官吏排成行,他们秉承了周文王的美好德行。
遥对文王的在天之灵,他们在庙前奔走不停。
文王的光辉显耀后人,他永远不被人们忘掉。

简析

《清庙》为颂诗第一篇,为赞美周文王的乐歌,同时也是王朝大祭和重大活动的通用乐歌。《毛诗序》云:"《清庙》,祀文王也。周公既成洛邑,朝诸侯,率以祀文王也。"全诗并没有大肆歌颂周文王的功德,而只是简单地描写了助祭者的肃穆,朝臣拜祭活动的忙碌,可正是这样的侧面烘托,却产生了比正面歌颂更好的艺术效果。正如方玉润在《诗经原始》中所说:"此正善于形容文王之德也。使从正面描写,虽千言万语,何能穷尽?文章虚实之妙,不于此可悟哉?"

维天之命

维天之命①,於穆不已②。
於乎不显③,文王之德之纯。
假以溢我④,我其收之。
骏惠我文王⑤,曾孙笃之⑥。

注释

① 维:语助词。天之命:天命,天道的运行。
② 於(wū):赞叹词。穆:庄严。不已:不停止。
③ 不(pī):借为"丕",大。显:显明、光明。
④ 假:同"嘉",美好。溢:满盈。一说赏赐。
⑤ 骏惠:顺从。
⑥ 曾孙:孙以下的后代均称曾孙。笃:笃行,指行事一心一意。

译文

想那天道的运行,美好庄重永不休止。

多么辉煌多么光明,文王的品德没有丝毫瑕疵!
嘉美之德深深感染了我们,我们将永远牢记它。
顺从我们的祖先周文王,子子孙孙一心一意为他做事。

简析

这是周成王祭祀周文王的一篇祭歌。诗歌内容很简单,全诗八句,每四句为一部分。前四句主要是歌颂文王德配于天,至纯至善。后四句颂文王泽被后世,子孙们受其福泽会更加努力。诗歌在艺术上主要以朴质取胜,语言自然朴素,情感纯实,发自肺腑,充满了对祖先的景仰与赞颂之情。

维 清

维清缉熙①,文王之典②。
肇禋③,迄用有成④,维周之祯⑤。

注释

① 清:政治清明。缉熙:光明的样子。
② 典:前代制定并传下的法则。
③ 肇:开始。禋(yīn):祭天。
④ 迄:至,到。用:语助词。有成:拥有天下。一说祭祀结束。
⑤ 祯:祥瑞,吉祥。

译文

我周朝政治清明前景无限,文王法典是指路明灯。
自从开始祭祀上天,直到今天大功告成,这是周家的祥瑞。

简析

这是一首歌颂周文王武功的祭祀乐歌,配合象舞(武舞)进行演奏。全诗一章五句。前两句赞颂天下清明之世源于周文王所制定的军事典则。三四句写出师祭天,指出正是因为有征伐的良法相助才使周王朝完成了统一大业。末句与首句相呼应,再次颂赞文王典则是国家的祥瑞所在。相较于其他歌颂文王的诗歌多集中于德行的赞美，此诗配合武舞单独赞颂其武功，就显得颇有特色。

天 作

天作高山①，大王荒之②。
彼作矣③，文王康之④。
彼徂矣⑤岐，有夷之行⑥，子孙保之。

注释

① 作：生。高山：指岐山。
② 大王：即"太王"，指周代开国君主古公亶父。荒：治理。
③ 作：指周太王创立的基业。
④ 康：继承发扬。
⑤ 徂：往，到。
⑥ 夷：平，平坦。行（háng）：道路。

译文

上天造就高峻的岐山，太王开垦除荒把它治理好。
周太王在此创立基业，文王继承发扬下去。
民众奔往岐山旁，岐山大道平坦宽阔，畅通无阻，子孙后代将永远保住这个地方。

简析

这是一首祭祀岐山的乐歌，表达了对古公亶父、周文王等周朝先王的赞颂之情。诗歌从太王开荒岐山写起，颂赞太王之功绩有如岐山之高，再赞文王承继太王基业，带领周人逐渐走向强大，为后来武王灭商打下了基础。诗歌将对周人圣地岐山的赞颂与对先祖的赞美合二为一，高山巍巍，先祖烈烈，如在目前。

鲁 颂

駉

駉駉牡马①,在坰之野②。
薄言駉者③,有骄有皇④,有骊有黄⑤,以车彭彭⑥。
思无疆,思马斯臧⑦。

駉駉牡马,在坰之野。
薄言駉者,有骓有駓⑧,有骍有骐⑨,以车伾伾⑩。
思无期,思马斯才。

駉駉牡马,在坰之野。
薄言駉者,有驒有骆⑪,有骝有雒⑫,以车绎绎⑬。
思无斁⑭,思马斯作。

駉駉牡马,在坰之野。
薄言駉者,有骃有騢⑮,有驔有鱼⑯,以车祛祛⑰。
思无邪,思马斯徂⑱。

注释

① 駉(jiōng)駉:健壮的样子。牡:雄性的鸟或兽。
② 坰(jiōng):离城较远的郊野。

③ 薄言：语助词。

④ 骃（yù）：股间白色的黑马。皇：亦作"騜"，黄白杂色的马。

⑤ 骊（lí）：纯黑的马。黄：黄赤色的马。

⑥ 以车：用马驾车。彭彭：马奔跑声。

⑦ 思：语助词。臧：好。

⑧ 骓（zhuī）：青白杂色的马。駓（pī）：白色黄白相杂的马。

⑨ 骍（xīn）：赤黄色的马。骐：青黑色相间的马。

⑩ 伾（pī）伾：有力的样子。

⑪ 驒（tuó）：青色而有鳞状斑纹的马。骆：白身黑鬃的马。

⑫ 骝（liú）：赤身黑鬃的马。雒（luò）：黑身白鬃的马。

⑬ 绎绎：形容马跑得很快。

⑭ 斁（yì）：厌倦。

⑮ 駰（yīn）：浅黑间杂白色的马。騢（xiá）：赤白杂色的马。

⑯ 驔（diàn）：黑身黄脊的马。鱼：双眼长两圈白毛的马。

⑰ 祛（qū）祛：强健的样子。

⑱ 徂（cú）：行走、一说善跑。

译文

高大健壮的公马，纵情奔驰在无际的郊野之上。

说起这些雄健的马，有股间白色的黑马，也有黄白杂色的马，有纯黑的马，还有黄赤色的马，这些马儿驾起车疾驰着奔向前方。

它们跑得又远又长，骏美漂亮膘肥体壮。

高大健壮的公马，纵情奔驰在无际的郊野之上。

说起这些雄健的马，有青白杂色的马，还有白色黄白相杂的马，有赤黄色的马，还有青黑色相间的马，这些马驾起战车有力地向前奔腾着。

它们雄壮高大，骏美力强。

高大健壮的公马，纵情奔驰在无际的郊野之上。

说起这些雄健的马,有青色而鳞状斑纹的马,还有白身黑鬃的马,有赤身黑鬃的马,还有黑身白鬃的马,这些马驾着车子疾驰如飞。

它们的精力仿佛无穷无尽,奔腾跳跃很有活力。

高大健壮的公马,纵情奔驰在无际的郊野之上。

说起这些雄健的马,有浅黑间杂白色的马,还有赤白杂色的马,有黑身黄脊的马,还有双眼长两圈白毛的马,这些马驾着车儿一副强健有力的样子。

它们沿着大道不偏不倚地走着,步履匆匆向前行进。

【简析】

这是一首咏马诗。每章开头两句都是一幅壮阔的原野奔马图,咏赞马儿的矫健雄壮与自由自在。接下来四句则以自豪的语气介绍了各种毛色的马匹,描绘它们驾车的雄姿,暗示其不是一般的马,而是战马。末尾两句则对马的强壮善跑等特点进行总结。诗歌从马儿的成长环境、种类、特点依次进行铺叙,充满自豪与赞美之情。全诗总共写了不同毛色的马达十六种之多,一方面可见当时畜牧业的高度发达,另一方面咏马赞马的目的则隐而不显。春秋时期,战马的数量关系到一个国家力量的强弱,因此诗歌明写牧马之盛,实则包含对鲁僖公重视养马,使鲁国国力强盛的赞颂之情。

有 駜

有駜有駜[1],駜彼乘黄[2]。
夙夜在公[3],在公明明[4]。
振振鹭[5],鹭于下。
鼓咽咽[6],醉言舞。
于胥乐兮[7]!

有驰有驰，驰彼乘牡⑧。
夙夜在公，在公饮酒。
振振鹭，鹭于飞。
鼓咽咽，醉言归。
于胥乐兮！

有驰有驰，驰彼乘䮌⑨。
夙夜在公，在公载燕⑩。
自今以始，岁其有。
君子有穀⑪，诒孙子⑫。
于胥乐兮！

注释

① 驰（bì）：马肥大而强壮。

② 乘（shèng）黄：四匹黄马。

③ 公：官府。

④ 明明：同"勉勉"，努力的样子。

⑤ 振振：鸟群飞的样子。

⑥ 咽咽：有节奏的鼓声。

⑦ 于：同"吁"，感叹词。胥：相与。

⑧ 牡：公马。

⑨ 䮌（xuān）：青黑色的马。

⑩ 载：则。燕：同"宴"。

⑪ 穀：善，好。

⑫ 诒：留。孙子：子孙。

译文

马儿肥大且强壮，拉车的是四匹肥壮的黄马。
大臣们早起晚睡办公事，勤勉努力很繁忙。

舞者手持鹭羽翩翩起舞，有如白鹭向下翱翔。
鼓声咚咚响个不停，醉意蒙眬舞姿踉踉跄跄。
人们欢聚一堂喜笑颜开！
马儿肥大且强壮，拉车的是四匹肥壮的公马。
大臣们早起晚睡办公事，今日饮酒在公堂。
舞者手持鹭羽翩跹起舞，如同白鹭在空中飞翔。
鼓声咚咚响个不停，醉后归家步态踉跄。
人们欢聚一堂喜笑颜开！
马儿肥大且强壮，拉车的是四匹青黑色的马。
大臣们早起晚睡办公事，今日设宴在公堂。
从今天开始，希望岁岁丰收年年好运。
国君为民做好事，福泽遗留子孙后代享用。
人们欢聚一堂喜笑颜开！

简析

　　这是一首宴饮诗。前两章句式结构基本一致，反复咏唱宴饮的欢乐。雄壮的车马、勤勉的君臣、欢乐的宴饮，组成了一幅太平盛世的图景，也从侧面反映出鲁国在鲁僖公带领下逐渐强大的事实。因此诗歌第三章后半部分就转入了对鲁僖公的颂扬，对鲁国年年丰收富足的美好祈愿。全诗洋溢着欢快和谐的情感，传达出鲁国君臣对国家前景的乐观与自信。

商　颂

那

猗与那与^①！置我鞉鼓^②。
奏鼓简简^③，衎我烈祖^④。
汤孙奏假^⑤，绥我思成^⑥。
鞉鼓渊渊^⑦，嘒嘒管声^⑧。
既和且平，依我磬声^⑨。
於赫汤孙^⑩！穆穆厥声^⑪。
庸鼓有斁^⑫，万舞有奕^⑬。
我有嘉客，亦不夷怿^⑭。
自古在昔，先民有作^⑮。
温恭朝夕，执事有恪^⑯，顾予烝尝^⑰，汤孙之将^⑱。

> **注释**
>
> ①猗（ē）：美好盛大的样子。那（nuó）：美好。与：同"欤"，叹词。
>
> ②置：竖立。鞉（táo）鼓：一种立鼓。
>
> ③简简：象声词，鼓声。
>
> ④衎（kàn）：欢乐。烈祖：有显赫功业的先祖。
>
> ⑤汤孙：商汤的孙子。奏假：祭享。
>
> ⑥绥：通"遗"，赐予。思：语助词。成：成功。

⑦ 渊渊：象声词，鼓声。
⑧ 嘒（huì）嘒：象声词，吹管时发出的乐声。
⑨ 依：配合。磬：古代一种玉制的打击乐器。
⑩ 於（wū）：叹词。赫：显赫。
⑪ 穆穆：和美庄肃的样子。
⑫ 庸：同"镛"，大钟。有斁（yì）：即"斁斁"，乐声盛大的样子。
⑬ 万舞：一种舞蹈名。有奕：即"奕奕"，舞蹈场面盛大的样子。
⑭ 亦不：不亦。夷怿（yì）：怡悦。
⑮ 有作：指行止有度。
⑯ 执事：行事。有恪（kè）：即"恪恪"，恭敬诚笃的样子。
⑰ 顾：光顾。烝尝：本指秋冬二祭，后泛指祭祀。冬祭为烝，秋祭为尝。
⑱ 将：佑助，扶助。

译文

多么美好盛大的场面啊！竖起我们的鼗鼓来。
鼓儿敲得咚咚作响，以此娱乐我那功业显赫的先祖。
商汤的子孙们祈求神明，赐我顺利和成功。
鼓声敲起渊渊作响，笙管吹出嘒嘒之声。
曲调和谐且清平，配合磬声上下起伏。
啊！显赫的商汤子孙，祭祀乐声和美且庄肃。
钟鼓齐鸣声乐浩大，万舞骤起场面恢宏。
我们请来尊贵的客人，他们脸上笑意盈盈，愉悦舒畅。
在那遥远的古代，先民的行止已有法度规范。
他们早晚温和又恭敬，行事恭敬诚笃。秋祭冬祭请神灵光顾，诚恳祈求它能保佑商汤子孙。

简析

这是一首祭祀成汤的乐歌。从内容上看,大致可以分成三个层次。第一层为前六句,总写祭祀活动的盛大场面,点出祭祀的主旨是取悦先祖,祈求赐福。第二层为接下来十句。诗歌细致描写了乐舞活动中音乐的变化,先是鼓声、管乐声、磬声之间的和谐配合,然后是庸鼓齐响、万舞洋洋的热闹场景,使得来宾看得非常怡悦。第三层为最后六句,怀想先祖行止有度、行事恭诚的风姿,再次表达了对先祖的赞颂之情,祈求先祖庇佑。诗歌在艺术上以铺排为主,词汇丰富,善于运用象声词和叠字,将乐舞之盛很好地表现出来。

玄 鸟

天命玄鸟[①],降而生商,宅殷土芒芒[②]。
古帝命武汤[③],正域彼四方[④]。
方命厥后[⑤],奄有九有[⑥]。
商之先后[⑦],受命不殆[⑧],在武丁孙子[⑨]。
武丁孙子,武王靡不胜[⑩]。
龙旂十乘[⑪],大糦是承[⑫]。
邦畿千里[⑬],维民所止[⑭],肇域彼四海[⑮]。
四海来假[⑯],来假祁祁[⑰]。
景员维河[⑱]。
殷受命咸宜[⑲],百禄是何[⑳]。

注释

① 玄鸟:黑色的鸟。一说燕子。《史记·殷本纪》:"有娀之女,三人行浴,见玄鸟坠其卵,简狄吞之,因孕生契。"
② 宅:居住。芒芒:同"茫茫",广大的样子。
③ 古:从前。帝:天帝。武汤:成汤,汤号曰武。

④ 正（zhēng）：同"征"。域：疆域。四方：指天下。

⑤ 方：遍，普。命：诏命。后：指各部落的首领。

⑥ 奄：包括。九有：九州。

⑦ 先后：先王。

⑧ 命：天命。殆：同"怠"，懈怠。

⑨ 在武丁孙子：即"在孙子武丁"，意为在汤的孙子中武丁是一个突出的存在。在：表强调。武丁：殷高宗。

⑩ 武王：即武汤，成汤。胜：胜任。此句意为武丁是个好裔孙，武汤留下的事业武丁没有不能胜任的。

⑪ 旂（qí）：绘有交龙的旗帜，竿头系有铜铃。

⑫ 糦：同"饎"，酒食。承：进献。

⑬ 邦畿：封畿，疆界。

⑭ 止：居住。指老百姓安居乐业。

⑮ 肇域彼四海：开始拥有四海之疆域。

⑯ 来假（gé）：来朝。

⑰ 祁祁：纷杂众多的样子。

⑱ 景：景山，古称亳，商之都城。员：周围，这里有围绕的意思。河：黄河。

⑲ 咸宜：人们都认为适宜。

⑳ 何（hè）：同"荷"，负担，承担。

译文

天命玄鸟降落人间，简狄吞了玄鸟蛋生下了商的祖先契，自此他们居住在殷商这片广阔的土地上。

从前天帝授命成汤王，征服天下平定四方。

行使政令于各部落的首领，拥有九州疆土。

商代的先王们，承受天命不敢懈怠，尤其是汤的孙子武丁能力尤为突出。

武丁这位好裔孙，成汤遗业没有不能胜任的。

他乘着十辆插着龙旗的大车，拿着丰盛的酒食前来进献。

国土疆域达到上千里，百姓在这里安居乐业，他开始拥有四海之疆域。

诸侯都来朝拜商王，归附的诸侯熙熙攘攘。

景山围绕着黄河。

殷王受天之命人人顺服，福禄福祉享之不尽。

【简析】

这是一首祭祀殷高宗武丁的乐歌。全诗二十二句，可分三个部分。前十句为第一部分，描写商汤始祖契神奇的诞生和其后裔成汤建立商朝，奄有九州的事迹，为中心人物武丁的出场做铺垫。接下来九句为第二部分，描写武丁在先王成就的基础上开疆拓土，使四方来朝，功业赫赫。最后三句以黄河环绕景山作喻，颂赞商汤承继天命，得到民众认可，享福永年。诗歌在结构上颇具匠心，一、二部分之间互为烘托对照，既歌颂了商汤始祖先王，又突出了武丁的功绩。而"武丁孙子"的重复，又巧妙地在两部分之间形成承上启下作用，将歌颂的对象从武汤转到武丁身上。此外如"四海来假，来假祁祁"句中顶针与叠字修辞的运用，既形成了连贯而下的语气，又很形象地写出来朝人员之多，渲染出八方来朝的热闹场面。